Inhaltsver

Einleitung ....

Was ist Angst?...................... 10

- ANGEBORENE ÄNGSTE........................ 12
- ERWORBENE ÄNGSTE 13
- EVOLUTIONÄRE BEDEUTUNG UND SINN DER ANGST. 15
  - *Sympathikus und Parasympathikus* *18*
- SOZIOKULTURELLE BEDEUTUNG DER ANGST 22

Der natürliche Umgang mit der Angst... 24

Angststörungen – wenn die Angst Grenzen überschreitet...................... 27

- ARTEN DER ANGSTSTÖRUNG 28
- DIFFUSE, UNSPEZIFISCHE UND GENERALISIERTE ANGST 29
- PHOBIEN 31
  - *Agoraphobie*... *31*
  - *Soziale Phobien*... *31*
  - *Spezifische Phobien* *32*
- PANIKSTÖRUNGEN 34
- URSACHEN FÜR ANGSTSTÖRUNGEN 36
- PSYCHOANALYTISCHE THEORIEN 37
- LERNTHEORETISCHER ANSATZ............................. 38

NEUROBIOLOGISCHE ERKENNTNISSE 40
KOGNITIVE VERZERRUNG 41
  Übergeneralisierung... 42
  Dichotomes Denken 43
  Katastrophieren 43
  Selektive Wahrnehmung/Tunnelblick............ 44
  Gedankenlesen... 44
  Etikettierung 45
  Niedrige Frustrationstoleranz 45
URSACHEN EINER PANIKSTÖRUNG 45
GENETISCHE URSACHEN EINER PANIKSTÖRUNG 47
PSYCHOSOZIALE URSACHEN................................. 48
BEGLEITERKRANKUNGEN EINER ANGSTSTÖRUNG..... 49
  Depressionen 50
  Suchterkrankungen 51
SOMATOFORME STÖRUNGEN 55
WIE DIAGNOSTIZIERT MAN EINE ANGSTSTÖRUNG? ... 58
TESTS UND FRAGEBÖGEN IN DER DIAGNOSTIK........ 61
  Gesundheitsfragebogen für Patienten (PHQ-D) 61
  Beck-Angst-Inventar (BAI)............................. 62
  Fragebögen zur Eigendiagnose 63
WIE WERDEN ANGSTSTÖRUNGEN BEHANDELT? 66
  Kognitive Verhaltenstherapie 66
  Konfrontationstherapie 67
  Psychodynamische Therapie 70

Panikattacken und andere Ängste überwinden

Angststörungen verstehen
und erfolgreich behandeln

von

Volker Hunold

1. Auflage

© 2019 Volker Hunold

Alle Rechte vorbehalten

ISBN: 9781709447976

Medikamentöse Behandlung 72
ERGÄNZENDE BEHANDLUNGSMETHODEN 75
Progressive Muskelentspannung 75
Autogenes Training 78
ANGSTSTÖRUNGEN BEI KINDERN UND JUGENDLICHEN 85
WIE ERKENNE ICH, DASS MEIN KIND UNTER EINER ANGSTSTÖRUNG LEIDET? 87
URSACHEN FÜR ANGSTSTÖRUNGEN BEI KINDERN 89
WIE WERDEN ANGSTSTÖRUNGEN BEI KINDERN DIAGNOSTIZIERT UND BEHANDELT? 90
WIE KANN MAN ANGSTSTÖRUNGEN BEI KINDERN VORBEUGEN? 92
ANGST IM SCHLAF 95
Alpträume 95
Nachtschreck 98
ANGSTSTÖRUNGEN IN FAMILIE UND PARTNERSCHAFT 102

Fazit – Angst: Die Dosis macht das Gift 113

Quellen 117

Haftungsausschluss 122

Urheberrecht 123

Impressum 124

Einleitung

„Das einzige, was wir zu fürchten haben, ist die Furcht selbst."

(Michel de Montaigne 1533–1592)

Der Mensch ist ein emotionales Wesen. So vernunftbegabt wir sein mögen und so sehr unser moderner Alltag von rationalen Entscheidungen bestimmt wird, sind es doch seit jeher unsere Gefühle, die unser Menschsein ausmachen. Liebe auf der einen und Hass auf der anderen Seite haben die Geschicke der Menschheit seit jeher mitbestimmt und die große Bandbreite an Gefühlen, zwischen tiefer Trauer und „himmelhoch jauchzender" Freude, bescheren uns so manches Wechselbad, das unser Handeln im Kleinen wie im Großen mitbestimmt. Eine dieser Emotionen, die unser Verhalten im Alltag ganz besonders beeinflusst, für viele Menschen das tägliche Leben sogar maßgeblich bestimmt, ist die Angst.

Jeder gesunde Mensch kennt Angst von Kindesbeinen an. Das ungute Gefühl im Dunkeln, der Schauer, der beim Anblick einer Spinne über den Rücken fährt und die Nackenhaare aufstellt, das flaue Gefühl in der Magengegend beim Blick in die Tiefe oder auch die diffuse Angst vor Arbeitslosigkeit, Krankheit, Tod oder dem Verlust eines geliebten Menschen – Angst begegnet uns in unterschiedlicher Gestalt und in unterschiedlicher Intensität mit unterschiedlichen Auswirkungen auf unser Handeln.

So sehr Furcht und Angst uns im Leben begleiten, so selten setzen wir uns halbwegs nüchtern und sachlich mit ihr auseinander. Erst dann, wenn Angst ein als normal betrachtetes Maß überschreitet, uns von der Bewältigung des Alltäglichen abhält und uns merklich einschränkt, wird sie zum ernsthaften Problem und erfordert eine intensive Auseinandersetzung mit ihren Ursachen, Ausdrucksformen, Mechanismen und vor allen Dingen mit Mitteln und Wegen, sie zu überwinden oder zumindest zu kontrollieren.

Mit diesem Buch möchte ich Dir die wichtigsten Fragen zum Thema Angst beantworten: Was ist Angst überhaupt? Wie äußert sie sich? Wo kommt sie her und wie entsteht sie? Ist sie wirklich nur schlecht? Was unterscheidet Angst von Panik? Vor allen Dingen sollen die folgenden Kapitel Dir aber erklären, wie Du selbst zu beurteilen lernen kannst, ob die Angst, die Du in bestimmten Situationen verspürst, normal ist oder ein „gesundes" Maß überschreitet und durch eine geeignete Behandlung verlorene Lebensqualität zurückgewonnen werden kann.

Auch wenn Du selbst keine Probleme mit Ängsten hast, sondern Dir nahestehende Menschen unter Angststörungen leiden, kann dieses Buch Dir Informationen liefern, diese besser zu verstehen, angemessen mit ihnen umzugehen und ihnen dabei zu helfen, Ängste zu überwinden. Dies stellt sich in aller Regel bei jungen Menschen als besondere Herausforderung heraus, weil die Symptome der Angst besonders junge Betroffene schnell überfordern und solche Erfahrungen ohne Hilfe von außen oft nicht richtig bewältigt werden können.

Was ist Angst?

„Furcht ist ein Unbehagen des Gemütes bei dem Gedanken an ein künftiges Übel, das uns wahrscheinlich treffen wird."

(John Locke 1632–1704)

Grundsätzlich ist Angst das Gefühl, das wir empfinden, wenn wir in einer Bedrohungssituation Schaden fürchten.

Bereits die etymologische Herleitung des Wortes Angst vermittelt dabei einen Eindruck davon, wie die meisten Menschen Angst empfinden: Das indogermanische *anghu* bedeutet so viel wie beengend und im Lateinischen stehen *angustus* oder *angustia* für Enge, Beengung oder Bedrängnis.

Angst haben wir vor allem vor Dingen, von denen wir befürchten, dass sie uns Schmerzen zufügen können. Dabei geht es nicht immer und ausschließlich um die

Angst vor körperlichem Schmerz, sondern auch vor emotionalem, psychischem Schmerz oder zum Beispiel einer existenziellen Verschlechterung unserer Lebensumstände.

Angst hat zwar grundsätzlich verschiedene Auslöser und äußert sich in individuellen körperlichen Reaktionen, trotzdem lassen sich schon bei oberflächlicher Betrachtung verbreitete Formen und Arten der Angst benennen.

Gehäuft treten Ängste vor Dingen oder Situationen auf, die instinktiv als lebensbedrohlich empfunden werden. Gewissermaßen allumfassend ist in diesem Sinne die Angst vor Krankheit und Tod, die aber in den meisten Fällen als eher abstrakt anzusehen ist. Deutlich konkreter und nicht weniger verbreitet ist die Angst vor großen Höhen oder vor Tierarten, die als gefährlich empfunden werden, unabhängig davon, ob sie es objektiv sind, wie zum Beispiel die Angst vor Spinnen, vor Schlangen oder auch vor Hunden.

Ebenso häufig sind Ängste, die mit einer empfundenen weniger existenziellen Bedrohung verbunden sind und eher einen befürchteten Schaden für den sozialen

Status oder die Selbstachtung in Betracht ziehen, wie zum Beispiel die weit verbreitete Prüfungsangst oder andere Versagensängste.

Grundlegend lässt sich zwischen zwei Typen von Ängsten anhand ihres Ursprungs unterscheiden: angeborene Ängste, die bereits bei Kleinkindern zu beobachten sind, und solche, die im Laufe des Lebens gewissermaßen erworben werden.

Angeborene Ängste

Viele Ängste, die weit verbreitet sind, können als biologisch oder prädisponiert angesehen werden. Bei genauer Betrachtung sind diese Ängste eng mit dem angeborenen menschlichen Selbsterhaltungstrieb verbunden. Klar erkennbar ist hierbei die evolutionäre Bedeutung der Angst. Dinge, die für unsere Vorfahren aus gutem Grund beängstigend waren, eben weil sie eine konkrete Lebensgefahr darstellten, sind bis heute im Unterbewusstsein verankert. Die Forschung geht inzwischen sogar einen entscheidenden Schritt weiter und belegt, dass Angst genetisch fixiert sein kann. Ein nachvollziehbares Beispiel ist in diesem Fall die Angst vor Tieren. Als konkrete Bedrohung oder auch indirekt als Krankheitsüberträger ging für den Urmenschen von vielen Tieren eine greifbare Gefahr aus. Die Angst vor diesen Tieren war somit mehr als nachvollziehbar und gewissermaßen vernünftig und sinnvoll. Die Gefahr, die für den modernen Menschen, gerade in unseren Breiten, von einer Spinne oder einem domestizierten Hund ausgeht, steht dagegen nicht mehr in einem rationalen Verhältnis zum angstauslösenden Reiz, den verschiedene Tiere für viele Menschen darstellen. Somit sind diese Ängste gewissermaßen ein Überbleibsel der Evolution.

Erworbene Ängste

Nicht alle Ängste zeigen sich schon im Kindesalter. So wie auch unsere Vorfahren über Generationen auf Basis meist leidiger Erfahrung Ängste entwickelt haben, können auch heute noch Ängste „erlernt" werden. Nicht immer ist allerdings völlig klar zu trennen, welche Angst auf eine Angstdisposition zurückzuführen und welche ausschließlich erworben ist. Dies erklärt sich vor allen Dingen dadurch, dass die Ausprägung einer Angst sich durch individuelle Erfahrung verändern kann. So ist es zum Beispiel einerseits gut möglich, dass die Angst vor Feuer auf ein persönliches traumatisches Erlebnis zurückzuführen ist, es kann aber genauso angenommen werden, dass sie ihren Ursprung ebenfalls bereits vor etlichen Generationen findet.

Viele Ängste sind jedoch eindeutig erworben, auch wenn das nicht zwingend bedeuten muss, dass ihnen persönliche Erfahrungen zugrunde liegen müssen. Ängste sind auch kulturell verfestigt und werden über die Erziehung weitergegeben. So ist zwar bei der Generation unserer Eltern und Großeltern, der Kriegs- und Nachkriegsgeneration, eine Angst vor Krieg oder auch vor Armut und Hunger aus ihrer eigenen Erfahrung nachvollziehbar, Ängste dieser Art finden sich aber auch bei Menschen, die lange nach dieser Zeit geboren sind und selbst keine einschneidenden Erlebnisse vorweisen können. Das heißt, um eine Angst zu entwickeln, ist es nicht zwingend erforderlich, dem angstauslösenden Reiz bereits einmal begegnet zu sein. Bildlich gesprochen: Selbst wer noch nie in seinem Leben ein Flugzeug bestiegen hat, kann eine ausgeprägte Flugangst entwickeln. Ängste können auch unmittelbar von einer Generation an die nächste weitergegeben werden. Auch hier kann erneut das Beispiel der Angst vor Hunden angeführt werden: Eltern, die selbst unter einer ausgeprägten Angst leiden, tendieren vermutlich eher dazu, ihren Kindern die Gefahr eines Hundes näherzubringen. Auch wenn dies nicht zwingend aktiv geschieht, erlebt das Kind doch vielleicht, wie ein Elternteil auf Hunde reagiert, und nimmt sich dieses Verhalten als Vorbild.

Evolutionäre Bedeutung und Sinn der Angst

Wie bereits erwähnt, sind viele Grundängste evolutionsgeschichtlich zu erklären. In einer bedrohlichen Situation ängstlich zu reagieren, war durchaus sinnvoll und konnte sich als Selektionsvorteil erweisen. Wer aus Angst vor einer Gefahr floh oder sich frühzeitig angemessen zur Wehr setzte, hatte, einfach ausgedrückt, die besseren Überlebenschancen als der komplett angstfreie Artgenosse. Überleben war die erste Voraussetzung für Fortpflanzung. Zusammengenommen mit den Erkenntnissen zur genetischen Fixierung der Angst, ist leicht nachvollziehbar, dass Grundängste fest in unserem genetischen Code verankert sind.

Grundsätzlich sind Ängste auch heute noch Schutzmechanismen, die Schaden verhüten sollen. Als adäquate Reaktion auf einen angstauslösenden Reiz trifft das menschliche Gehirn in Bruchteilen einer Sekunde die Entscheidung, wie auf die Situation reagiert wird. Der US-amerikanische Psychologe Walter Cannon prägte hierfür den Begriff der Fight-or-flight response (Kampf-oder-Flucht-Reaktion). Bezogen auf die evolutionäre Grundangst, zum Beispiel vor einem Raubtier oder einem menschlichen Aggressor, besagt die leicht nachvollziehbare Theorie, dass in einer angstauslösenden Situation das Gehirn entscheidet, ob Gegenwehr oder Flucht die beste Überlebensstrategie ist.

Der Sinn der Angst als natürlicher Schutzmechanismus präsentiert sich auch in den körperlichen Reaktionen auf einen angstauslösenden Reiz. Akute Angst ist nicht nur ein diffuses, unangenehmes Gefühl der Beklemmung, sie äußert sich auch in messbaren physischen Reaktionen, die größtenteils die körperliche Bereitschaft für Kampf oder Flucht herstellen. Unter Angst steigen Blutdruck sowie Herz- und Atemfrequenz, Muskeln werden stärker mit Sauerstoff versorgt und in Spannungszustand versetzt, was letztlich die körperliche Reaktionsgeschwindigkeit und Leistungsfähigkeit erhöht. Gleichzeitig verbessert sich die Wahrnehmung durch ein Weiten der Pupillen und eine erkennbare Sensibilisierung der Hör- und Sehnerven. Begleitet wird dieses „Notlaufprogramm" des Körpers durch Schwitzen, Zittern und ein Schwindelgefühl. In einer Angstsituation reagiert auch der Stoffwechsel unmittelbar und oft heftig. Während bei einigen Betroffenen Magen- und Darmtätigkeit unterdrückt werden, zeigt sich bei anderen das gegenteilige Phänomen: Übelkeit bis zum Erbrechen und spontane Entleerung der Blase und des Darms sind extreme Reaktionen auf stark angstauslösende Reize. Die sprichwörtliche Formulierung, sich vor Angst in die Hose zu machen, kommt nicht von ungefähr. Was auf den ersten Blick widersprüchlich erscheint, erklärt sich durch ein Wechselspiel verschiedener Teile des vegetativen Nervensystems, die bei einzelnen Angsttypen in unterschiedlicher Weise auf angstauslösende Reize reagieren.

Sympathikus und Parasympathikus

Bei den meisten Menschen wird eine Angstreaktion vom sogenannten sympathischen Nervensystem – kurz: vom Sympathikus – gesteuert. Anatomisch betrachtet verläuft der periphere Sympathikus durch Brust- und Lendenmark und sendet Signale vom Gehirn in die meisten Organe.

In einer Gefahrensituation löst das Nervensystem so bereits angesprochene körperliche Reaktionen aus:

- Die Herzkranzgefäße weiten sich und die Herzfrequenz erhöht sich.
- Der Blutdruck steigt an.
- Blutgefäße in den Organen inklusive der Haut verengen sich.
- Die Muskulatur wird stärker durchblutet und angespannt.

- Das Blut verdickt sich.
- Die Bronchien weiten sich.
- Der Energie-Stoffwechsel wird beschleunigt.
- Blutzucker und Cholesterin steigen an.
- Appetit und Verdauung werden vermindert.
- Die Pupillen weiten sich.
- Harndrang und Darmtätigkeit werden unterdrückt.
- Die Körpertemperatur steigt an.

Dieser allgemeine Erregungszustand versetzt den Körper in erhöhte Aktionsbereitschaft, macht ihn leistungsfähiger und bereitet ihn auch auf mögliche Verletzungen vor.

Normalerweise hält dieser Zustand nur wenige Minuten an und wird von einer Reaktion des parasympathischen Nervensystems abgelöst, das ihn nach und nach in den Normalzustand zurückversetzt, der erreicht ist, wenn die für die Reaktion verantwortlichen Hormone Adrenalin und Noradrenalin abgebaut sind.

Der auch als Erholungsnerv bekannte Parasympathikus kehrt die vom

Sympathikus ausgelösten organischen Reaktionen um.

Dieses Wechselspiel zwischen den beiden Nervensystemen, von der Wissenschaft als Sympathikotonie bezeichnet, funktioniert jedoch nicht immer wie beschrieben. Bei sehr ausgeprägter Erregung oder bei Panikanfällen können beide Systeme gleichzeitig aktiv werden.

Anhand der neurologischen Reaktion lassen sich Menschen zwei Stresstypen zuordnen: dem Kampf/Flucht-Typ oder dem Schrecktyp. Die Theorien hierzu gehen in weiten Teilen auf den „Vater der Stressforschung", den ungarisch-kanadischen Mediziner Hans Hugo Bruno Selye (1907–1982)[1] zurück. Beim „normalen" Kampf/Flucht-Typen dominiert der Sympathikus. Auf einen angstauslösenden Reiz reagieren sie wie beschrieben mit der körperlichen Herstellung von Kampf- oder Fluchtbereitschaft. Beim Schrecktypen hingegen übernimmt der Parasympathikus die dominierende Rolle: auf einen angstauslösenden Reiz reagiert er schockartig. Eine solcher Schock äußert sich durch sinkenden Blutdruck, weiche Knie, Übelkeit, ein Schwächegefühl, verlangsamten

Herzschlag, Schwindel, Benommenheit, Erröten, Harn- und Stuhldrang – kurz: durch die körperlichen Reaktionen, die eigentlich dazu dienen sollten, jene auszugleichen, die der Sympathikus hervorgerufen hat.

Besonders interessant sind physische Reaktionen, die Angst nach außen signalisieren. So werden über den Schweiß besondere Duftmoleküle abgesondert. Außenstehende können Angst, wenn auch unbewusst, also sogar riechen. Gleichzeitig verändern sich Mimik, Gestik und die Art zu sprechen. Diese Signale verfolgen zwei unterschiedliche Ziele: Zum einen soll die soziale Gruppe vor der Gefahr gewarnt werden – die Evolution hat folglich nicht nur die Selbsterhaltung, sondern auch die Arterhaltung vor Augen. Zum anderen soll ebendieses soziale Umfeld nonverbal zur Hilfestellung aufgerufen werden.

Soziokulturelle Bedeutung der Angst

Angst hat auch im gesellschaftlichen Miteinander seit jeher eine große Bedeutung. Einerseits zeigen sich aus den vorgenannten Gründen innerhalb einer Gesellschaft Ängste vergleichbarer Art und Ausprägung, da Menschen einer Gruppe den gleichen alltäglichen Risiken begegnen und aus demselben evolutionsgeschichtlichen und genetischen Pool schöpfen. Andererseits haben Ängste Kulturen im Laufe der Jahrhunderte maßgeblich mitgestaltet und spiegeln sich in verschiedensten Bereichen wider. Nicht wenige Theorien bringen selbst die Entstehung von Religionen ursächlich mit den menschlichen Urängsten in Verbindung. Andererseits nutzen politische und religiöse Herrschaftssysteme immer wieder die Angst der Menschen, um Macht zu erlangen und zu festigen, entweder indem sie selbst Angst verbreiten oder indem sie Ängste lenken und instrumentalisieren. Bis heute spielen Ängste in der Politik eine große Rolle. Gerade als Mittel des Wahlkampfs werden bewusst Ängste geschürt und „Rettung" durch die jeweiligen parteipolitischen Ziele in Aussicht gestellt. Gleiches gilt für die Werbung, die ebenfalls ganz bewusst die psychologischen Effekte der Angst nutzt, um die Attraktivität von Produkten und Dienstleistungen zu steigern.

Der natürliche Umgang mit der Angst

Wir alle empfinden mehr oder weniger häufig in unterschiedlichen Situationen Angst. Der Mensch ist diesem unangenehmen Gefühl jedoch nicht vollständig hilflos ausgeliefert, sondern hat ebenfalls evolutionsgeschichtlich Strategien zum Umgang mit der Angst entwickelt, die abhängig von der eigenen Persönlichkeit und der jeweiligen angstauslösenden Situation zum Einsatz kommen. Die verschiedenen Strategien sind gewissermaßen das Pendant zur Theorie der *Fight-or-flight-response*.

Der deutsche Psychologe Siegbert A. Warwitz[2] beschreibt insgesamt acht Formen des Angstverhaltens als von ihm sogenannte Einstellungstendenzen:

1. Die einfachste Form der Bewältigung von Angst ist die **Vermeidung**. Indem der angstauslösende Reiz, ein besonderes Ereignis, ein Ort, eine Person oder auch ein anderes

Lebewesen konsequent gemieden wird, kommt es nicht zur Angstreaktion.

2. Durch **Bagatellisierung** wird die empfundene Angst vor allen Dingen gegenüber anderen heruntergespielt und ihr damit zumindest die empfundene Peinlichkeit genommen.

3. **Verdrängung** agiert gegen alle Aufgaben und Handlungen, die durch das Angstgefühl nicht vollendet werden können. Indem das, wovon uns unsere Angst abhält, als unwichtig oder verzichtbar abgetan wird, meinen wir, auch der Angst ihre Bedeutung zu nehmen.

4. Indem Betroffene schon erste Anzeichen der Angst vor sich und anderen **leugnen** oder verstecken, wird sie aus dem Bewusstsein ausgeblendet.

5. **Übertreibungsverhalten** nutzt die beruhigende Wirkung

unterschiedlichster, wiederholter Sicherheitsvorkehrungen.

6. Wer **generalisierend** sich selbst und anderen gegenüber betont, dass eine Angstreaktion in einer bestimmten Situation völlig normal ist, befreit sich von der Angst als individuell wahrgenommenes Phänomen und nimmt ihr damit ebenfalls die Schwere.

7. **Bewältigung** versucht das Maß der individuell empfundenen Angst aktiv der objektiven Bedrohung anzupassen und so die Angst als sinnvolle Funktion zu nutzen.

8. **Heroisierendes Verhalten** begrüßt gewissermaßen die Auswirkungen der Angst.

Angststörungen – wenn die Angst Grenzen überschreitet

Angst, wie ich sie bis hierher beschrieben habe, ist nicht nur evolutionsgeschichtlich erklärbar, sondern in ihren Grundlagen sinnvoll, normal und, selbst wenn nicht unbedingt unter modernen Lebensbedingungen angemessen, gesund. Diese gewissermaßen alltägliche Angst schränkt Betroffene nicht maßgeblich ein und ist insofern in aller Regel nicht behandlungsbedürftig. Mit diesen Grundängsten umzugehen und angemessen auf sie zu reagieren, fällt den meisten Menschen leicht und die Angst lässt nach, sobald der angstauslösende Reiz verschwindet.

Ganz anders sieht es mit leider zunehmend verbreiteten Angst- und Panikstörungen aus. Von einer Angststörung wird immer dann gesprochen, wenn die beschriebenen körperlichen Reaktionen in deutlich übermäßiger Ausprägung auftreten, ohne dass eine tatsächliche oder zumindest theoretisch nachvollziehbare äußere Bedrohung vorliegt. Vor allen Dingen zeichnet sie jedoch aus, dass Betroffene nicht in der Lage sind, die Angstzustände selbst zu bewältigen. Die beschriebenen Strategien der Einstellungstendenzen versagen. Angst als psychische Störung wird als übermächtig empfunden, wirkt lähmend und kann sogar vollständig paralysieren, ist in ihren Auswirkungen aber auf jeden Fall deutlich gravierender als „normale" Angst.

Arten der Angststörung

Grundlegend unterscheiden Psychologen, wie zum Beispiel der deutsche Psychiater *Theo Rudolf Payk*, ehemaliger Ordinarius für Psychiatrie und Psychotherapie an der Ruhr-Universität Bochum, zwei Formen der Angst als psychische Störung: die diffuse, unspezifische Angst und die Phobie[3].

Diffuse, unspezifische und generalisierte Angst

Jeder Mensch kennt Situationen der Angst – Angst vor Schmerz und eigenem Leid, aber auch Angst um das Wohlergehen nahestehender Personen. Unter normalen Umständen, bei psychisch gesunden Menschen, sind es konkrete Situationen, die Angst verursachen. Bei Menschen, die unter einer unspezifischen diffusen Angststörung leiden, geschieht dies nicht gelegentlich und unter einzelnen, individuellen Bedingungen, sondern immer und immer wieder, in den unterschiedlichsten Situationen. Die kleinste Ursache reicht aus, um Angst und Panik zu verursachen. Jedes nächtliche Geräusch wird als Zeichen eines Einbruchs interpretiert, die Teilnahme am Straßenverkehr wird zur Belastung, weil in jedem Moment ein Unglück befürchtet wird, geliebte Menschen, die gerade erst das Hausverlassen haben, werden schon im nächsten Moment vor dem geistigen Auge in einen Unfall verwickelt. Kurz gesagt: Wer unter diffuser, unspezifischer Angst leidet, befürchtet für sich und sein Umfeld zu jeder Zeit in jeder Situation stets das Schlimmste, egal wie abwegig der Gedanke objektiv betrachtet sein mag und wie oft sich bereits bestätigt hat, dass die befürchtete Situation nicht eingetreten ist. Erschwerend kommt hierbei hinzu, dass die Symptome der Angst besonders ausgeprägt sind und so die Lebensqualität der Betroffenen enorm beeinträchtigen. Beziehungen leiden unter permanenten Verlustängsten und eine Teilhabe am alltäglichen Leben, sei es in sozialen Beziehungen oder im Berufsleben, ist langfristig kaum mehr möglich. Rationales Handeln ist in Angstsituationen, wenn überhaupt, nur stark eingeschränkt möglich.

Die Grenzen zwischen der unspezifischen, diffusen Angst und der generalisierten Angst sind fließend. Häufig werden die beiden Begriffe auch synonym genutzt. Als generalisiert kann eine Angststörung angesehen werden, wenn sie den Betroffenen permanent begleitet und er selbst zunehmend nicht einmal mehr in der Lage ist zu benennen, wovor er Angst hat, obwohl er dauerhaft unter Angstsymptomen leidet. Ohne konkreten Auslöser besteht auch keine Chance, dass die Angst zumindest vorübergehend abklingt.

Phobien

Im Gegensatz zur diffusen Angst hat die Phobie einen sehr konkreten, spezifischen Auslöser. Auch hier finden sich unterschiedliche Erscheinungsformen, die von Psychologen in drei Gruppen eingeteilt werden.

Agoraphobie

Menschen die unter einer Agoraphobie leiden, sind weitgehend an die eigenen vier Wände oder zumindest ein gewohntes, begrenztes Umfeld gefesselt. Jede ungewohnte Situation in ungewohntem Umfeld wirkt angstauslösend und führt nicht selten zu Panikattacken.

Soziale Phobien

Soziale Phobien werden meist von einem geringen Selbstwertgefühl begleitet und äußern sich immer dann, wenn Betroffene in der Öffentlichkeit stehen und sich selbst im Mittelpunkt der als negativ empfundenen Aufmerksamkeit wähnen. Die Angst zu versagen, sich lächerlich zu machen oder anderweitig negativ aufzufallen, ist übermächtig und führt zu Symptomen wie starkem Erröten, Zittern, Harndrang, Verlust der Kontrolle über den Schließmuskel oder Übelkeit bis hin zum Erbrechen.

Spezifische Phobien

Besondere Aufmerksamkeit erwecken spezifische Phobien. Für Außenstehende sind sie nicht selten fast skurril und faszinierend. Von allen Angststörungen sind es die spezifischen Phobien, die auch medial die meiste Aufmerksamkeit erzeugen und von Vielen gedanklich mit dem Begriff Angststörung gleichgesetzt werden.

Die spezifische Phobie ist gekennzeichnet durch einen konkreten Auslöser, ein spezifisches Objekt oder eine Situation, die angstauslösend wirkt. Die Liste der Phobien ist lang. Bildlich gesprochen gibt es kaum etwas, das nicht geeignet ist, zum Objekt einer Phobie zu werden. Einige spezifische Objekte sind weiter verbreitet und insofern vergleichsweise gut erforscht und dokumentiert. Im negativen Sinne besonders populär sind Tierphobien: Die Angst vor Spinnen (*Arachnophobie*), die Angst vor

Bienen (*Apiophobie*), die Angst vor Schlangen (*Ophidiophobie*), die Angst vor Hunden (*Kynophobie*) oder die Angst vor Fröschen (*Bufonophobie*) sind nur einige der bekannten spezifischen Tierphobien. Bekannt sind aber auch Phobien in Bezug auf Gegenstände, wie zum Beispiel die Angst vor Spritzen (*Trypanophobie*), vor Blut (*Haematophobie*) oder vor Exkrementen (*Coprophobie*). Auch Situationen können Phobien auslösen, wie der Aufenthalt in beengten Räumen (*Klaustrophobie*) oder die Angst vor Blitz und Donner (*Astraphobie*). Im günstigsten Fall mag es ausreichen, den angstauslösenden Gegenstand oder die gefürchtete Situation zu meiden, was zumindest bei den gewissermaßen exotischen Phobien, wie der Angst vor Clowns (*Coulrophobie*), keine übermäßigen Einbußen an Lebensqualität nach sich zieht. Viele, wenn nicht die meisten Phobien stehen jedoch in Verbindung zu alltäglichen Objekten, denen vollständig aus dem Wege zu gehen, kaum möglich ist. Außerdem erzeugt bei ausgeprägten Phobien bereits der Gedanke an das angstauslösende Objekt für sich genommen Angst.

Panikstörungen

Wie und in welchem Ausmaß Menschen auf einen angstauslösenden Reiz konkret reagieren, ist sehr individuell und von äußeren sowie konstitutionellen Faktoren abhängig. Die allgemeinen physischen Reaktionen der Angst habe ich bereits ausführlich beschrieben. Panik ist eine besondere Ausdrucksform intensiver Angst mit starken körperlichen und psychischen Symptomen. Panik kann sich gleichermaßen in einem kopflosen Fluchtverhalten, Schreien und Weinen oder in paralytischer Starre, einer Freeze-Reaktion, äußern. Verbreitet bekannt sind zum Beispiel Bilder von Massenpaniken, in deren Verlauf große Menschengruppen kollektiv auf ein Ereignis reagieren, selbst wenn nicht alle Individuen in der Gruppe dies konkret miterlebt haben.

Die moderne Psychologie geht davon aus, dass die starke Panikreaktion vor allen Dingen das Ziel verfolgt, die Umwelt auf die Gefahrensituation aufmerksam zu machen und so Hilfe zu erhalten. Allgemein tritt Panik überwiegend dann auf, wenn das

System von Fight or Flight an der empfundenen Aussichtslosigkeit scheitert.

Panik an sich ist noch keine Angststörung, sondern lediglich eine extreme Angstreaktion.

Eine krankhafte Panikstörung liegt dann vor, wenn Panikattacken plötzlich und ohne erkennbaren äußeren Anlass auftreten.

Eine Panikattacke wird von unterschiedlichen Symptomen begleitet, die sich zusätzlich dadurch verstärken, dass dem Betroffenen nicht bewusst ist, dass es sich um eine Panikattacke handelt. So werden von vielen Betroffenen einzelne Symptome oft als Zeichen eines Herzinfarktes fehlinterpretiert. Verbreitete Symptome sind:

- Atemnot
- Beklemmung
- Herzrasen
- Hyperventilation
- Schweißausbruch
- Zittern und Schwindelgefühl
- Übelkeit bis zum Erbrechen
- Angstgedanken

- Depersonalisation und Derealisation (Störung der Selbstwahrnehmung und der Umgebungswahrnehmung)

Ursachen für Angststörungen

Angsterkrankungen sind leider keine Seltenheit. Studien belegen, dass rund 15 Prozent der deutschen Bevölkerung, also rund jeder sechste Erwachsene, im Jahr 2010 wegen Symptomen einer solchen psychischen Erkrankung in ärztlicher Behandlung waren[4]. Die Dunkelziffer, also die Zahl von Menschen, die unter einer behandlungsbedürftigen Angststörung leiden, ohne sich in Behandlung zu begeben, wird aller Voraussicht nach, wie bei vielen anderen psychischen Erkrankungen, deutlich höher sein. Entsprechend groß ist das wissenschaftliche Interesse am Thema Angst und Angststörungen. Trotzdem stehen Fachleute nach wie vor zahlreichen ungeklärten Fragen zu den Ursachen von Angststörungen gegenüber. Die wissenschaftliche Ursachenforschung konzentriert sich aktuell auf verschiedene Theorien, die versuchen zu erklären, wie Angststörungen entstehen. Im

Wesentlichen fokussieren sich die Erkenntnisse auf drei Erklärungsansätze: eine psychoanalytische Theorie, eine Lerntheorie und eine neurobiologische Theorie.

Psychoanalytische Theorien

Kinder leiden ganz besonders unter Ängsten. Erst mit dem Erwachsenwerden lernt der Mensch, mit „normalen" Ängsten umzugehen. Im Laufe der Jahre erscheinen nicht mehr alle denkbaren Gefahren des Lebens als existenziell bedrohlich, so verlieren zum Beispiel die von Kindern besonders häufig und gravierend empfundenen Verlustszenarien zunehmend ihren Schrecken.

Die Psychoanalyse geht davon aus, dass bei Menschen mit Angststörungen diese Weiterentwicklung gestört ist. Auch im Erwachsenenalter sind Betroffene nicht in der Lage, normale Angst zu bewältigen und empfinden hilflose, kindliche Angst. Trennungsangst, Verlustangst oder die Angst vor dem Verlust sozialer Anerkennung stehen bei Angstkranken ebenso im

Vordergrund wie bei den meisten gesunden Kindern.

Auch Phobien finden unter Psychoanalytikern eine Erklärung. Im Wesentlichen geht die Theorie davon aus, dass Ängste von Phobikern auf inneren Konflikten basieren. Die Angst vor dem Objekt der Phobie entsteht schließlich durch Übertragung, bei der ein in früher Kindheit entstandener Konflikt auf ein symbolisches Objekt übertragen wird.

Lerntheoretischer Ansatz

Phobien lassen sich auch lerntheoretisch erklären. Ein einmaliges traumatisches Erlebnis, eine angstauslösende Erfahrung wird mit einer Situation oder auch einem Gegenstand verknüpft. Wer zum Beispiel bei einer Begegnung mit einem Hund, objektiv betrachtet, berechtigt oder auch nicht, Angst empfindet, wird diese Angst mit dem Hund als Objekt verknüpft. Aus Angst meidet der Betroffene von diesem Moment an den Kontakt zu Hunden und nimmt sich damit die Gelegenheit, den negativ prägenden Eindruck zu revidieren. Im

Gegenteil wird die Angst vor dem Hund dadurch verstärkt, dass sie durch die Vermeidung ausbleibt.

Noch stärker prägend sind natürlich konkrete traumatische Erlebnisse. Wer Angst nicht nur aus irrationalen Gründen mit einem Ereignis verknüpft, sondern tatsächlich Schmerz in einer Situation erfährt, zum Beispiel von einem Hund gebissen wird, der entwickelt leicht bleibende Angst vor Hunden im Allgemeinen.

Phobien können aber auch ohne einen solchen Auslöser entstehen, zum Beispiel indem Betroffene die Angst von Kindesbeinen an vorgelebt bekommen. Erlebt ein Kind die Angst eines Elternteils vor einem bestimmten Objekt oder einer Situation, lernt es früh, diese selbst zu meiden.

Neurobiologische Erkenntnisse

Bei genauerer Betrachtung haben der psychoanalytische und der lerntheoretische Ansatz einen Schwachpunkt: Wenn sie zutreffen, warum entwickeln nicht alle Menschen unter den gleichen Lebensbedingungen Angststörungen? Die Erkenntnisse der Neurobiologie ermöglichen es, diese gewissermaßen empirischen Beobachtungen mit den Theorien zu vereinbaren: Zusätzlich zu den genannten Faktoren des psychoanalytischen und des lerntheoretischen Ansatzes ist offensichtlich eine biologische Disposition erforderlich, damit eine Angststörung entsteht. Maßgeblich beteiligt am Entstehen von Angstsymptomen ist das autonome Nervensystem. Angst ist aus neurobiologischer Sicht in erster Linie ein Zustand der Erregung des Nervensystems, das in vielseitigen Reaktionen der Organe Ausdruck findet. Herzschlag und Atmung sind nur zwei davon. Neurobiologen gehen davon aus, dass Betroffene einer Angsterkrankung ein ungewöhnlich labiles autonomes Nervensystem besitzen und neurologisch besonders leicht erregbar sind.

Diese Anomalität ist Untersuchungen zufolge angeboren und in vielen Fällen vererbt. Ob es sich tatsächlich um eine genetisch fixierte Eigenschaft handelt, kann jedoch noch nicht abschließend beurteilt werden, da neben der Vererbung auch die Lerntheorie eine Erklärung liefert, warum zum Beispiel Kinder von Angstpatienten ebenfalls Angststörungen entwickeln.

Kognitive Verzerrung

Der US-amerikanische Psychiater und Psychotherapeut Aaron Temkin Beck erklärt das Entstehen von Angst als das Resultat einer unbewussten Einschätzung einer potentiellen Gefahrensituation[5]. Nach Beck entsteht Angst immer dann, wenn ein Mensch die Wahrscheinlichkeit des Auftretens einer Gefahrensituation als groß ansieht, der befürchtete Schaden als hoch eingeschätzt wird, die Gefahrensituation alleine nicht angemessen bewältigt werden kann und die Chancen auf Hilfe von außen als gering eingeschätzt werden.

Beispiel: Nachts alleine in einer zwielichtigen Gegend einen dunklen Weg entlang zu gehen, wird insgesamt als gefährlich angesehen, da den äußeren Gegebenheiten eine höhere Wahrscheinlichkeit zugeordnet wird, zum Beispiel überfallen zu werden. Ausgeraubt oder verletzt zu werden, also um Leib und Leben zu fürchten, ist der wohl größte vorstellbare Schaden. Unbewaffnet und selbst nicht übermäßig wehrhaft, hält man sich nicht für in der Lage, einem Angriff etwas entgegen zu setzen. Aus der beschriebenen Situation heraus ist die Hoffnung gering, im Falle eines Falles auf Hilfe zählen zu können. Das Resultat dieser Einschätzung ist Angst vor einer solchen Situation.

Eine kognitive Verzerrung liegt dann vor, wenn die genannten Faktoren (Auftretenswahrscheinlichkeit, Schaden, Coping-strategie/Hilfe) nicht realistisch eingeschätzt werden. Die individuelle Wahrnehmung ist getrübt und wird von verschiedenen negativen Denkweisen überlagert.

Übergeneralisierung

Einmalige oder wiederholte negative Erfahrungen werden verallgemeinert und so zum übergeordneten, abschreckenden Leitbild.

Die einmalige Erfahrung, von einem Hund gebissen worden zu sein, führt zu der verallgemeinerten Annahme, alle Hunde seien eine grundlegende Gefahr. Damit steigt in der Formel nach Beck in der Wahrnehmung die Auftretenswahr-scheinlichkeit eklatant.

Dichotomes Denken

Dem Betroffenen ist es sprichwörtlich nur möglich, in schwarz oder weiß zu denken. Gerade wenn es um die Beurteilung der eigenen Leistung geht, also zum Beispiel um Versagensängste, kennt der dichotom Denkende nur Erfolg oder Versagen. Dichotomes Denken wirkt zudem angstverstärkend, da es das Empfinden von Angst selbst als Rechtfertigung für die Angst ansieht. Weil er sich vor Hunden fürchtet, sind Hunde gefährlich.

Katastrophieren

Ein verständliches Beispiel für den Faktor des Katastrophierens liefert die Hypochondrie. Wer unter dieser krankhaften Angst vor einer lebensbedrohlichen

Krankheit leidet, überbewertet jedes potentielle Symptom einer Erkrankung als Hinweis auf eine für ihn naheliegende, schwere Erkrankung. Grundsätzlich werden die Konsequenzen des Handelns maximal negativ betrachtet.

Selektive Wahrnehmung/Tunnelblick

Bei der Beurteilung einer Gefahrensituation werden negative Aspekte, welche die Angst rechtfertigen, verstärkt wahrgenommen und alles, was die Gefahr relativieren könnte, ausgeblendet.

Gedankenlesen

Gerade wenn es um soziale Ängste geht, meinen Betroffene zu wissen, was andere über sie denken und wie über sie geurteilt wird. Dieses Urteil fällt grundsätzlich natürlich negativ aus, was die Versagensangst maßgeblich steigert.

Etikettierung

Einmaliges, situatives Versagen führt zu einem übergeordneten Selbsturteil. Die eine schlechte Note, negative Beurteilung oder Kritik im Beruf führt dazu, die eigenen Fähigkeiten im Ganzen in Zweifel zu ziehen. Auch dies steigert die Versagensangst zusätzlich.

Niedrige Frustrationstoleranz

Die Angst, den Folgen einer Gefahrensituation persönlich nicht gewachsen zu sein, verstärkt die Angst vor ihr.

Ursachen einer Panikstörung

Panikstörungen zeichnen sich, wie beschrieben, dadurch aus, dass eine Panikattacke ohne erkennbaren Auslöser auftritt. „Normale" Panikreaktionen können unter individuellen Voraussetzungen zum Beispiel im Zusammenhang mit einer Phobie auftreten. Außerdem finden sich physische Ursachen für Panik:

- Kardiale Arrhythmie (Herzrhythmusstörungen)

- Angina Pectoris
- Hyperthyreose (Schilddrüsenunterfunktion)
- Hypoglykämie (Unterzuckerung)
- Asthma
- COPD
- Schlafapnoe
- Koffeinvergiftung
- Drogenmissbrauch

Alle diese Grunderkrankungen können bei Betroffenen Panikattacken auslösen. Wo sie nicht als unmittelbare Ursache oder Auslöser zu erkennen sind, können sie zumindest als Risikofaktoren verstärkend wirken.

Panikattacken können auch in unterschiedlichen Lebenssituationen als einzelne Episoden auftreten, ohne dass es sich um eine pathologische Panikstörung handelt. Kommt es bei Betroffenen zu vier Panikattacken im Laufe von vier Wochen, sprechen Mediziner von einer mittel-gradigen Panikstörung. Sind es vier Panikattacken im Laufe einer Woche, erkennen sie eine schwere Panikstörung.

Über die genauen Ursachen einer Panikstörung ist sich die Wissenschaft bis heute nicht bis ins letzte Detail im Klaren, es gibt aber doch einige Anhaltspunkte, die zumindest als begünstigende Faktoren betrachtet werden können.

Genetische Ursachen einer Panikstörung

Statistisch lässt sich belegen, dass Panikstörungen vermehrt bei Menschen auftreten, bei denen sich in unmittelbarer Verwandtschaft ebenfalls Betroffene finden.

Genetische Faktoren können zu neurobiologischen Veränderungen führen, die das Entstehen einer Panikstörung zumindest begünstigen.

Die beschriebenen Prozesse des vegetativen Nervensystems, die körperliche Reaktionen in Gefahrensituationen auslösen, werden bei Betroffenen leichter ausgelöst. Bei einer Panikstörung ist die Panikattacke folglich ein Fehlalarm des Nervensystems, das ohne auslösenden Reiz reagiert.

Psychosoziale Ursachen

Neben der reinen körperlichen Voraussetzung spielt auch die Psyche für das Entstehen einer Panikstörung eine große Rolle. Auslöser einer Panikattacke ist zum Beispiel die Fehlinterpretation einer körperlichen Empfindung. Das leichteste Unwohlsein führt zur Annahme, es drohe jeden Moment ein Herzinfarkt, eine Ohnmacht oder ein Erstickungsanfall.

Eine erste Panikattacke kann, ohne selbst bereits Folge einer Panikstörung zu sein, zu deren Auslöser werden. Experten sprechen hier von der „Angst vor der Angst". Betroffene empfinden das erstmalige Erleben einer Panikattacke als schwerwiegend und lebensbedrohlich, haben aber keine Erklärung für ihre Ursache. Entsprechend erwächst die Angst vor einer neuerlichen Attacke. Diese sogenannte Erwartungsangst führ zu einer Übersensibilisierung: Betroffene horchen ununterbrochen in sich hinein auf der Suche nach Anzeichen einer drohenden Angstattacke. Dieses Verhalten trägt für sich genommen dazu bei, dass die Gefahr eines erneuten Anfalls tatsächlich steigt, und kann so zum eigentlichen Ursprung einer Panikattacke werden. Alle Faktoren, die zu körperlichen Veränderungen führen können, die den Symptomen einer Angstattacke zumindest ähneln, können in dieser Hypersensibilisierung die Angst vor der Angst ins Unermessliche steigern. Nikotin, Kaffee, Alkohol, selbst höhere Dosen Zucker, aber auch und vor allen Dingen Stress können so den beschriebenen Teufelskreis zusätzlich antreiben.

Begleiterkrankungen einer Angststörung

Eine Angsterkrankung ist für Betroffene eine schwere Belastung. Ihre Symptome sind vielfältig und können den Alltag deutlich einschränken. Als wäre dies noch nicht genug, treten bei vielen Angstpatienten Begleiterkrankungen auf, also eigenständige Krankheitsbilder, für welche die Angststörung als Auslöser betrachtet werden kann.

Depressionen

Depressionen zählen zu den am stärksten verbreiteten psychischen Erkrankungen unserer Zeit. Rund 15 Prozent der Bevölkerung der zehn einkommensstärksten Länder der Welt leiden einer Vergleichsstudie zufolge unter den psychischen Störungen[6].

Angststörungen und Depressionen zeigen viele Gemeinsamkeiten. Dies gilt sowohl für die Erkrankungen an sich als auch für deren Behandlung. Sogar die medikamentöse Therapie nutzt in weiten Teilen dieselben Wirkstoffe für beide Krankheiten.

Angst und Depressionen treten sehr häufig in Kombination auf. Hierfür hat sich in Fachkreisen bereits der Terminus „Angst und Depressionen gemischt" etabliert. Dabei wird mehrheitlich davon ausgegangen, dass die Depressionen als Folge einer Angststörung auftreten. Krankhafte Angst wirkt sich massiv auf den Alltag Betroffener aus. Sie führt zu Selbstisolation, Abnahme der physischen und psychischen Leistungsfähigkeit und letztlich zu Minderwertigkeitsgefühlen, Hoffnungslosigkeit und Niedergeschlagenheit. Mit der Zeit können sich diese Emotionen verfestigen und in eine Depression münden.

Besondere Schwierigkeiten ergeben sich durch die unscharfe Abgrenzung auch für die Diagnostik. Angstsymptome sind auch für eine reine Depression nicht ungewöhnlich und depressive Niedergeschlagenheit kann ebenfalls im Rahmen einer Angststörung auftreten.

Das Krankheitsbild „Angst und Depressionen gemischt" ist bis heute nicht sehr gut untersucht. Entsprechend gibt es keine einheitliche Behandlungsempfehlung. Welche Therapie am besten geeignet ist, entscheiden behandelnde Mediziner und Therapeuten anhand der individuellen Symptomatik und praktischer Erfahrung. Viele Mediziner entscheiden sich hier vorrangig für die kognitive Verhaltenstherapie.

Suchterkrankungen

Historisch betrachtet wurde Alkohol über Jahrhunderte als Medikament insbesondere bei psychischen Erkrankungen eingesetzt. Ob *Hippokrates*, der Alkohol konkret zur Behandlung von Angstsymptomen empfahl, *Carl Westphal*, der im 19. Jahrhundert seine Beobachtungen der vermeintlich positiven Wirkung auf Patienten mit Platzangst dokumentierte, oder Produkte der Neuzeit, wie das in den 1950er-Jahren bekannte Herz-Kreislauf-Tonikum mit dem überzeugenden Namen „Frauengold" – Lange Jahre galt Alkohol als probates Beruhigungsmittel, Stimulans und geeignetes Mittel zu Bekämpfung von Angstzuständen.

Alkohol wirkt im menschlichen Gehirn. So beeinflusst er zum Beispiel die Wirkung des Botenstoffs Gamma-Aminobuttersäure (GABA) und verstärkt dessen verlangsamenden Einfluss auf die Reizweiterleitung. Da Angst physiologisch betrachtet eben auf einer übermäßigen Aktivität des zentralen Nervensystems beruht, erzeugt dieser Einfluss eine spürbare Milderung der Angstsymptome.

Die beruhigende Wirkung des Alkohols ist jedoch nicht von Dauer. Im Gegenteil zeigt sich bei regelmäßigem Alkoholkonsum eine gegenteilige Wirkung: Alkohol verstärkt die Bildung von Glutamat-Rezeptoren. Ebenfalls als Botenstoff im Gehirn aktiv, erhöht die Glutaminsäure die Aktivität der

Nervenzellen, die durch GABA verlangsamt werden. Die Folge dieses Wechselspiels sind in aller Regel steigende Konsummengen zur Aufrechterhaltung der beruhigenden Wirkung des Alkohols sowie eine als Rebound-Effekt bezeichnete Verstärkung der Angstsymptome. Besonders schwerwiegend für Angstpatienten sind die Begleiterscheinungen eines Alkoholentzugs, egal ob dauerhaft oder nur im Rahmen eines alkoholfreien Tages. Fällt die drosselnde Wirkung der Gamma-Aminobuttersäure weg und kommt es zur verstärkten Bildung von Glutamat, erleben Suchtkranke klassische Angstsymptome, Nervosität und Unruhe. In neuerer Zeit wird für dieses Phänomen vermehrt der Begriff *Hangxiety* genutzt, der eine Wortschöpfung aus den Begriffen *Hangover*, für den klassischen Kater, und *Anxiety*, für die auftretenden Angstgefühle, darstellt. Diese Wechselwirkung ist auch der Grund dafür, dass nicht immer zweifelsfrei zu beurteilen ist, was zuerst da war: der übermäßige Alkoholkonsum oder die Angststörung. Einerseits ist es möglich, dass Angstgestörte durch seine zumindest anfänglich beruhigende Wirkung zu Alkohol greifen und eine

Abhängigkeit entwickeln, andererseits können sich aus einer Alkoholabhängigkeit, im Rahmen von wiederholten Entzugsphasen, Angststörungen entwickeln.

Egal worin letztlich die Grunderkrankung besteht, eine geeignete Therapie muss sich mit beiden Aspekten auseinandersetzen.

Alkoholabhängigkeit ist als Begleiterkrankung einer Angststörung weit verbreitet. Eine Studie aus dem Jahr 1993 kommt zu dem Ergebnis, dass es bei jedem fünften Angstkranken im Laufe seiner Erkrankung zu einer Substanzabhängigkeit kommt [7]. Alkohol bildet hier für Deutschland die größte Teilgruppe. In Ländern wie den USA liegt die Quote mit bis zu 40 Prozent deutlich höher, was nicht zuletzt an der allgemeinen gesellschaftlichen Akzeptanz und Verfügbarkeit von suchtgefährdeten Medikamenten liegen dürfte. In Deutschland spielt die Medikamentenabhängigkeit eine geringere Rolle. Da relevante Medikamente hier nur auf Rezept erhältlich sind und deutlich restriktiver genutzt werden, besteht schlicht eine geringere Möglichkeit, eine Abhängigkeit zu entwickeln. Trotzdem muss gerade bei der medikamentösen Behandlung von

Angststörungen darauf geachtet werden, dass Medikamente wie Benzodiazepine frühzeitig abgesetzt werden (*vgl. Medikamentöse Behandlung*).

Somatoforme Störungen

Angststörungen sind mit einer Vielzahl körperlicher Symptome verbunden. Diese treten jedoch überwiegend während einer akuten Angstattacke auf. Angstkranke zeigen jedoch sehr häufig dauerhafte Beschwerden unterschiedlichster Art und Ausprägung. Hierzu zählen vor allen Dingen Schmerzsymptome wie Rücken- oder Gelenkschmerzen, Herz-Kreislauf-Beschwerden, Magen-Darm-Beschwerden oder auch sexuelle Dysfunktionen. Nicht immer können mit klassischen diagnostischen Verfahren Ursachen für die Beschwerden gefunden werden.

Die Schulmedizin unterscheidet zwischen drei Formen der somatoformen Störungen: der Somatisierungsstörung, der Schmerzstörung und der hypochondrischen Störung. Während bei der Somatisierungsstörung kein klares Beschwerdebild vorliegt und Betroffene über unterschiedliche Beschwerden klagen, die ohne erkennbaren Grund zum Teil über Jahre bestehen können, zeigen sich bei den Schmerzstörungen deutlich lokalisierte Beschwerden in Form von Schmerzen, die meist im Zusammenhang mit einer ausbehandelten Vorerkrankung stehen und trotz der erfolgreichen Behandlung der Ursachen bestehen bleiben. Die hypochondrische Störung wiederum ist ein Wechselspiel aus körperlichen Symptomen und deren Interpretation durch den Betroffenen als Anzeichen einer schweren Erkrankung wie zum Beispiel Krebs.

Für viele Betroffene ist der weitaus geläufigere Begriff der psychosomatischen Erkrankung ein wahres Schreckgespenst. Nicht selten wird diese Bezeichnung als fachkundige Definition für eine eingebildete Krankheit verstanden und diese nicht ernstgenommen. Entsprechend frustrierend ist die Diagnose für all jene, die zum Teil über Jahre unter für sie ganz realen Beschwerden leiden und stets darauf hoffen, dass die zugrundeliegende Krankheit endlich erkannt wird.

Somatoforme Störungen sind echte Erkrankungen, psychische Erkrankungen mit allem, was eine Erkrankung auszeichnet inklusive einer Behandlungsmöglichkeit, die psychotherapeutischer oder auch medikamentöser Natur sein kann.

Psychosomatische Beschwerden treten sehr häufig als Begleiterscheinung von Angststörungen und Depressionen auf. Die genauen Ursachen der somatoformen Störung sind bis heute nicht abschließend geklärt. Es gibt jedoch einige Hypothesen, welche die Verbindung zu Angststörungen zu erklären versuchen. Stress ist ein wichtiger Faktor in der Entstehung somatoformer Störungen. Ein anhaltender Anspannungszustand, wie er für viele Angststörungen durchaus typisch ist, führt zu einer Fehlsteuerung verschiedener Organfunktionen. Außerdem zeichnen sich viele Angstformen durch eine Hypersensibilisierung aus. Die eigenen Körperfunktionen werden überdeutlich wahrgenommen, Betroffene befinden sich in einem Zustand des ununterbrochenen In-sich-Hineinhörens. Jedes minimale Symptom einer potentiellen Erkrankung wird wahrgenommen und überbewertet. Man spricht hierbei auch von somatosensorischer Amplifikation. Insgesamt ist zu beobachten, dass psychische Prozesse wie die Angst sich immer auch in körperlichen Symptomen ausdrücken

Wie diagnostiziert man eine Angststörung?

In einzelnen Situationen Angst zu empfinden und entsprechende körperliche Reaktionen zu zeigen, ist normal. Es gibt jedoch erkennbare Anzeichen, dass Angst sich gewissermaßen verselbständigt, sich zu einer chronischen Angststörung entwickelt.

Etwa 15 Prozent der Bundesbürger wurden laut Untersuchungen aus dem Jahr 2010 wegen einer diagnostizierten Angststörung ärztlich behandelt. Die Dunkelziffer, also die Zahl derer, die unter einer Angststörung leiden, diese aber noch nicht als solche erkannt haben und entsprechend nicht professionell betreut werden, liegt aller Voraussicht nach deutlich höher.

Eine ausgeprägte Angststörung kann Betroffenen die Fähigkeit rauben, die eigene Situation halbwegs objektiv zu beurteilen. Trotzdem gibt es erkennbare Zeichen, die auf das Vorliegen einer Angststörung hinweisen:

- Die Situation und die Angstsymptomatik stehen nicht in einem angemessenen Verhältnis zueinander.
- Die Angstreaktion hält deutlich über die auslösende Situation hinaus an.
- Die Angst ist für den Betroffenen nicht zu erklären, er kann sie nicht beeinflussen und nicht eigenständig bewältigen.
- Der Alltag des Betroffenen wird durch die Angst maßgeblich beeinträchtigt.
- Die Angst führt zunehmend zu sozialer Isolation.

Für viele Betroffene ist es ein großer, schwer zu bewältigender Schritt, die eigene Erkrankung als solche zu erkennen, anzunehmen und sich in ärztliche Behandlung zu begeben.

Der erste Weg führt in den meisten Fällen zum Hausarzt. Nicht selten geschieht dies nicht einmal aufgrund der Befürchtung, unter einer Angststörung zu leiden, sondern wegen der sie begleitenden Symptome.

Der erste Schritt in der Diagnostik besteht deshalb darin, organische Erkrankungen auszuschließen. Bleiben Blutunterschungen, EKG und andere relevante Diagnoseverfahren, bis hin zu einem MRT oder CT des Schädels, ohne Ergebnis, sollte der Allgemeinmediziner aufgrund der Symptomatik eine Angststörung in Betracht ziehen und seinen Patienten an einen Facharzt, einen Psychiater oder psychologischen Psychotherapeuten überweisen. So einfach und logisch dies klingen mag, durchleben Betroffene nicht selten eine wahre Odyssee, bis eine geeignete Behandlung in Angriff genommen wird.

Ist der Weg zu einem Facharzt schließlich gefunden, steht auch hier die gründliche Anamnese an erster Stelle. Der Arzt erfragt die genauen Symptome und den Verlauf der Erkrankung sowie die individuelle Lebensgeschichte in einem ausführlichen Gespräch. Ziel dieser Gespräche ist, das Vorliegen einer Angststörung zu sichern, andere psychische Erkrankungen wie eine Depression als Ursachen auszuschließen und die Art der Angststörung so präzise wie möglich einzugrenzen, um die geeignete Behandlungsmethode zu ermitteln.

Tests und Fragebögen in der Diagnostik

Neben dem qualifizierten Gespräch nutzen Psychiater und Psychotherapeuten häufig standardisierte Fragebögen und Tests, um eine Angststörung zu diagnostizieren, genau zu identifizieren und ihren Schweregrad einzustufen.

Gesundheitsfragebogen für Patienten (PHQ-D)

Ein in der Psychodiagnostik häufig eingesetztes Hilfsmittel zur Diagnostik und zur Behandlungskontrolle ist der Gesunheitsfragebogen für Patienten. Als Selbstauskunftsfragebogen beantworten Patienten wenige Fragen zu regelmäßigen Angstsymptomen mit einer Einstufung der Häufigkeit ihres Auftretens. Jede Frage kann mit einer von vier Auswahlmöglichkeiten beantwortet werden, die angibt, wie oft der Patient ein beschriebenes Symptom an sich beobachtet:

- 0 = Überhaupt nicht
- 1 = An einzelnen Tagen

- 2 – An mehr als der Hälfte aller Tage
- 3 – Beinahe jeden Tag

Aus insgesamt sieben Fragen wird so ein Skalensummenwert errechnet, der dem Arzt Auskunft über die Ausprägung der Angststörung liefert:

- 0-4 – Minimale Angstsymptomatik
- 5-9 – Mild ausgeprägte Angstsymptomatik
- 10-14 – Mittelgradig ausgeprägte Angstsymptomatik
- 15-21 – Schwer ausgeprägte Angstsymptomatik

Beck-Angst-Inventar (BAI)

Insbesondere für die Diagnose von Panikstörungen eignet sich das Beck-Angst-Inventar. Mit insgesamt 21 Fragen werden das Vorhandensein und die Schwere einer Panikstörung beurteilt. Hierzu stehen dem Betroffenen drei Antwortmöglichkeiten zur Verfügung, die wie beim vorangehend beschriebenen Gesundheitsfragebogen einen Summenwert liefern, welcher mit einem Wert zwischen 0 und 63 eine Einstufung erlaubt. Die Fragen konzentrieren sich auf die kognitiven und körperlichen Symptome der Panikstörung, bilden aber auch generalisierte Angststörungen ab.

Fragebögen zur Eigendiagnose

Im Internet finden sich zahlreiche, zum Teil online ausgewertete Fragebögen, die versprechen, dabei helfen zu können, eine Angststörung in Eigenregie zu diagnostizieren. Im Prinzip spricht nichts dagegen, einen solchen Test zu verwenden, um die eigene Situation besser einschätzen zu können. Es sollte Dir aber auf jeden Fall klar sein, dass ein zu Hause ausgefüllter und ausgewerteter Standard-Fragebogen eine professionelle Diagnostik nicht ersetzen kann. Viele Details, begonnen natürlich mit der Abklärung physischer Ursachen, kann ein solcher Test nicht erfassen, weshalb ein Testergebnis in diesem Fall zwar einen grundlegenden Hinweis liefern kann, aber doch bei Weitem nicht über Zweifel erhaben ist.

Auch der hier bereits angesprochene Gesundheitsfragebogen für Patienten ist frei zugänglich und kann von jedermann durchgeführt und nach beschriebenem Prinzip ausgewertet werden. Das umfassendere Beck-Angst-Inventar ist ebenfalls auf eine Selbstbeurteilung ausgelegt und kann zumindest als Anhaltspunkt und Motivation genutzt werden, bei entsprechenden Ergebnissen eine professionelle Diagnose und eine therapeutische Behandlung in Betracht zu ziehen.

Die einfachste und schnellste Möglichkeit einer ersten Selbsteinschätzung bietet der Gesundheitsfragebogen für Patienten, den ich hier exemplarisch anführe. Weitere Tests finden sich online sowie im Fachbuchhandel.

Wie oft fühlten Sie sich im Verlauf der letzten zwei Wochen durch die folgenden Beschwerden beeinträchtigt?

	Überhaupt nicht	An einzelnen Tagen	An mehr als der Hälfte der Tage	Beinahe jeden Tag
Nervosität, Ängstlichkeit oder Anspannung				
Nicht in der Lage sein, Sorgen zu stoppen oder zu kontrollieren				
Übermäßige Sorgen bezüglich verschiedener Angelegenheiten				
Schwierigkeiten zu entspannen				
Rastlosigkeit, sodass Stillsitzen schwerfällt				
Schnelle Verärgerung oder Gereiztheit				
Gefühl der Angst, so als würde etwas Schlimmes passieren				

Wie werden Angststörungen behandelt?

Je früher eine Angststörung als solche erkannt wird, desto größer sind die Chancen auf Heilung. Wie eine Therapie im Einzelnen gestaltet sein muss, ist von der Art der Angststörung und von ihrer Ausprägung abhängig.

Als besonders erfolgreich in der Behandlung von Angststörungen haben sich in den letzten Jahren einerseits die Kognitive Verhaltenstherapie und andererseits eine medikamentöse Therapie erwiesen.

Kognitive Verhaltenstherapie

Der Begriff der Kognition beschreibt umfassend das Denken des Menschen. Die Psychologie versteht unter Kognition die Fähigkeit des Menschen als Individuum, Informationen zu verarbeiten. Hierbei fließen Erfahrungen, Gedanken, Meinungen, Einstellungen, Wünsche, Absichten und Urteile zusammen und beeinflussen das Empfinden und Handeln.

Wie bereits im Kapitel *„Kognitive Verzerrung"* beschrieben, gehen viele Experten davon aus, dass Angststörungen Folgen einer gestörten Wahrnehmung und Interpretation vermeintlicher Gefahrensituationen sind. Hier setzt auch die kognitive Verhaltenstherapie an.

Die kognitive Verhaltenstherapie geht davon aus, dass der Heilung das Verstehen zugrunde liegt. Das heißt, ein wichtiger Schritt einer Therapie besteht darin, dem Patienten bewusst zu machen, auf welchen Denkmustern seine Angststörung basiert oder welche sie verstärken. Dabei werden auch Verhaltensweisen aufgedeckt, die der Vermeidung dienen, sie aber letztlich nur verstärken. Entsprechendes Verhalten kann so langfristig gezielt korrigiert werden.

Konfrontationstherapie

Die Korrektur der Vermeidungsreaktion wird in vielen Varianten der kognitiven Verhaltenstherapie im Konfrontationsverfahren behandelt.

Die auch als Exposition oder Reizkonfrontation bekannte Methode hat sich vor allen Dingen in der Behandlung von Phobien bewährt.

Angststörungen zeichnen sich vor allen Dingen dadurch aus, dass Betroffene versuchen, den angstauslösenden Reiz zu meiden. Dieses nachvollziehbare Verhaltensmuster führt jedoch entgegen des gewünschten Effekts gerade zu einer Verstärkung der Angst („Angst vor der Angst").

Das Ziel der Konfrontationstherapie besteht darin, die Angst zu verlernen. Nach eingehender Vorbereitung, sogenannter Psychoedukation, in der dem Patienten die Zusammenhänge seiner Angststörung klargemacht werden, wird er gezielt mit dem angstauslösenden Reiz konfrontiert. Bei Phobien wird der Betroffene dem Gegenstand der Phobie, zum Beispiel einer gefürchteten Situation, einer Umgebung oder der Begegnung mit einem Tier ausgesetzt. Ziel dieser auf den ersten Blick vielleicht grausamen Methode ist es, dem Patienten deutlich zu machen, dass sich die Angst nicht, wie befürchtet, ins Unermessliche steigert, wenn er ihr nicht entflieht, sondern eine Gewöhnung einsetzt, sie einen Höhepunkt erreicht und früher oder später nachlässt. Dies geschieht wiederholt, zu Anfang unter therapeutischer

Begleitung und mit zunehmendem Selbstvertrauen auch gezielt alleine.

Zum einen dient diese Methode der Desensibilisierung durch Gewöhnung, zum anderen soll dem Patienten bewusst gemacht werden, dass die Realität nicht der Erwartung entspricht, die im Rahmen einer Angststörung zur Vermeidung führt. Dem Betroffenen soll so klargemacht werden, dass er durchaus in der Lage ist oder zumindest lernen kann, seine Angst zu bewältigen und so zu überwinden.

Die Konfrontationstherapie kennt unterschiedliche Herangehensweisen, abhängig nicht zuletzt von der individuellen Schwere der Angstreaktionen. So muss eine Exposition nicht sofort praktisch vollzogen werden. Vorstellungsübungen nutzen die Phantasie des Patienten, der sich in Therapiesitzungen den angstauslösenden Reiz nur vorstellt und sich so der realen Situation vorsichtig annähert, so kann die praktische Reaktion auf die tatsächliche Konfrontation im Vorfeld eingeübt werden.

Kommt es schließlich zur tatsächlichen Konfrontation, wird zusätzlich zwischen massierter und graduierter Konfrontation unterschieden. Bei der massierten

Konfrontation stellt sich der Patient seiner maximalen Angst, wohingegen sich ihr bei der graduierten Konfrontation schrittweise angenähert wird. Ein gutes Beispiel ist hierfür die Konfrontationstherapie im Zusammenhang mit einer Tierphobie. Während die massierte Konfrontation zum Beispiel darin bestehen kann, dass ein Mensch mit einer Hundephobie einen Hund streichelt, werden bei der graduierten Konfrontation im Vorfeld Meilensteile definiert, die Schritt für Schritt aufeinander folgen: die Betrachtung eines Hundes aus sicherer Distanz, die langsame Annäherung, der passive Kontakt und schließlich das aktive Berühren des Hundes.

Psychodynamische Therapie

Eine weniger verbreitete und von vielen Fachleuten kritisch betrachtete Behandlungsmethode ist die psychodynamische Therapie.

Sie selbst versteht sich als zeitgemäße, moderne Weiterentwicklung der klassischen Psychoanalyse nach *Sigmund Freud, C. G. Jung und Alfred Adler.*

Bei der psychodynamischen Therapie handelt es sich vorrangig um eine Gesprächstherapie. In ihrem Zentrum steht die Annahme, dass Angststörungen auf größtenteils unbewussten traumatischen Erfahrungen basieren, die zu Unsicherheit und damit zu überdurchschnittlicher Angst führen. Angehörige dieses Ansatzes, wie die US-amerikanische Psychiaterin *Dr. Barbara Milrod*, vertreten die Ansicht, dass eine verstärkte Anfälligkeit für Angststörungen bereits in der Kindheit verankert wird[8].

Die Psychotherapie versucht, diese Erfahrungen bewusst zu machen und so aufzuarbeiten. Der Angst liegt nach Ansicht der psychodynamischen Therapie ein innerer Konflikt zugrunde, den es zu überwinden gilt. Angststörungen werden zum Beispiel durch negative Beziehungserfahrungen mit den eigenen Eltern erklärt.

Insgesamt wird die Psychotherapie in der Behandlung von Angststörungen kritisch betrachtet. Ihre Wirksamkeit ist nicht gut erforscht. Es finden sich jedoch einzelne Studien, welche die analytische Psychotherapie der kognitiven Verhaltenstherapie gegenüberstellen und zu dem Schluss kommen, dass Letztere die insgesamt besseren und vor allen Dingen nachhaltigeren Ergebnisse erzielt[9].

Medikamentöse Behandlung

Eine therapeutische Behandlung von Angststörungen ist immer eine langfristige Maßnahme, die einigen Einsatz des Patienten fordert und vor allen Dingen Zeit braucht, um ihre Wirkung zu entfalten. Eine medikamentöse Behandlung kann eine therapeutische unterstützen, theoretisch ist sie sogar in der Lage, diese zu ersetzen. Auf jeden Fall sind die richtigen Medikamente geeignet, die Symptome einer Angststörung in kürzester Zeit zu mildern oder ganz zu unterdrücken.

In einem ersten Schritt verschreiben Ärzte üblicherweise Beruhigungsmittel, sogenannte Benzodiazepine, die schnell wirksam Angstsymptome reduzieren können. Aufgrund des hohen Abhängigkeitspotentials dieser Medikamente ist eine Behandlung über einen Zeitraum von mehr als vier Wochen jedoch nur in Ausnahmefällen zu verantworten.

Für eine längerfristige Behandlung werden heute überwiegend Antidepressiva genutzt. Hierzu zählen vor allen Dingen selektive Serotonin-Wiederaufnahmehem-mer (SSRI) und selektive Serotonin-Noradrenalin-Wiederaufnahmehemmer (SNRI).

Serotonin und Noradrenalin sind als Neurotransmitter im zentralen Nervensystem für die Reizweiterleitung verantwortlich, die auch, wie im Kapitel *„Sympathikus und Parasympathikus"* beschrieben, für die Symptome einer Angststörung ausschlaggebend sind. SSRI und SNRI blockieren den Transport dieser Hormone.

Die angstlösende Wirkung setzt in aller Regel nach zwei bis sechs Wochen ein.

Leider zeigen Medikamente mit den beiden Wirkstoffen auch Nebenwirkungen. SSRI und SNRI sind vergleichsweise arm an negativen Begleiterscheinungen. Individuell zeigen sich jedoch zumindest vereinzelt, vor allen Dingen zu Beginn einer Behandlung:

- Kopfschmerzen
- Übelkeit
- Unruhezustände
- Schlafstörungen

- Verdauungsstörungen
- Sexualdysfunktionen (Anorgasmie, erektile Dysfunktion)

Studien zeigen zudem bei der Behandlung von Kindern und Jugendlichen eine gesteigerte Suizidgefahr sowie eine Aggressionsneigung [10].

Beide Medikamententypen können in Kombination mit anderen Psychopharmaka zum Teil deutliche Wechselwirkungen zeigen.

Medikamente werden nicht allein zur symptomatischen Behandlung eingesetzt, auch wenn diese Wirkung natürlich für den Patienten im Vordergrund steht. Trotzdem zielt sie auch auf eine langfristige Beseitigung der Erkrankung über die Behandlung hinaus ab.

Nach dem Eintreten einer deutlichen Besserung der Beschwerden wird deshalb eine Fortführung der Medikamentengabe für sechs bis zwölf Monate empfohlen und angeraten, sie dann schrittweise abzusetzen.

Untersuchungen bescheinigen der medikamentösen Behandlung eine ähnliche Erfolgsquote wie der psychotherapeutischen. Es spricht auch deshalb nichts dagegen, beide Methoden gezielt zu kombinieren, um so gewissermaßen in Summe die besten Ergebnisse zu erzielen und langfristig die Wahrscheinlichkeit eines Rückfalls nach Ende einer Therapie zu reduzieren.

Ergänzende Behandlungsmethoden

Therapeutische und medikamentöse Verfahren sind die Behandlung der Wahl bei den meisten Angstpatienten. Sie zeigen allein, aber auch in Kombination die größten Behandlungserfolge. Dennoch gibt es einige weitere Maßnahmen, die begleitend eine Therapie unterstützen und ihre Wirkung verstärken, vor allen Dingen aber Betroffenen langfristig Linderung verschaffen können.

Progressive Muskelentspannung

Die vom US-amerikanischen Arzt Edmund Jacobson entwickelte Methode dient der gezielten Entspannung der Muskulatur[11]. Angstzustände sind unter anderem durch eine Verkrampfung der Muskulatur gekennzeichnet, die als Symptom von Betroffenen mehrheitlich als besonders belastend empfunden wird. Mit Hilfe der progressiven Muskelentspannung kann es dem Angstpatienten gelingen, bewusst eine Entspannung herbeizuführen. Außerdem ist es möglich, mit ihren Techniken körperliche Unruhe und Erregungszustände zu mildern, den Herzschlag zu senken sowie Schwitzen oder Zittern zu bekämpfen.

Im Wesentlichen basiert die Methode der progressiven Muskelrelaxation auf einem Wechsel von bewusster Anspannung und Entspannung verschiedener Muskelgruppen in einer festgelegten Reihenfolge. Hierdurch wird die Körperwahrnehmung geschult und schließlich die Fähigkeit erlangt, die so trainierte Muskulatur gezielt zu entspannen.

Die einfachste Möglichkeit, progressive Muskelentspannung zu praktizieren, bieten Anleitungen, die als Audio-CDs angeboten werden und sich auch als Audio-Files zum Download kostenlos im Internet finden. Eine Bezugsquelle sind zum Beispiel verschiedene Krankenkassen. Ein Beispiel findest Du im Quellenverzeichnis dieses Buches.

Autogenes Training

Beim autogenen Training handelt es sich ebenfalls um eine Entspannungstechnik, die vom Psychiater und Psychotherapeuten *J. H. Schultz* in Anlehnung an die klassische Hypnose entwickelt wurde[12].

Autogenes Training kann unter therapeutischer Anleitung, aber auch mit Hilfe von Hörbüchern und Audio-Anleitungen praktiziert und erlernt werden.

Autogenes Training ist, ähnlich der progressiven Muskelentspannung, eine Aneinanderreihung verschiedener Entspannungsübungen, welche die Körperwahrnehmung verbessern und Körperfunktionen gezielt regulieren sollen.

Klassisches autogenes Training setzt sich aus sieben Übungsgruppen zusammen, die vor allen Dingen auf der Methode der Autosuggestion basieren:

Ruhe-Übung

In bequemer Haltung versuchst Du, Dich bei geschlossenen Augen langsam in einen entspannten Zustand zu versetzen. Du kontrollierst Deine Atmung und sagst Dir bewusst mehrmals: „Ich bin vollkommen ruhig". Ohne Zwang versuchst Du dich so weit wie möglich zu entspannen und Dich in Gedanken an einen ruhigen, vertrauenerweckenden Ort zu versetzen. Anfangs wird Dir diese Einleitungsübung vielleicht besonders schwer fallen, mit etwas regelmäßiger Übung gelingt es Dir jedoch immer leichter, Dich in diesen Entspannungszustand zu versetzen.

Schwere-Übung

Um eine Muskelentspannung zu erreichen, suggerierst Du Dir ein Schweregefühl in Armen und Beinen. Beginnend mit dem rechten Arm (bei Linkshändern dem linken) konzentrierst Du Dich so lange mit der autosuggestiven Formel „Mein rechter Arm wird immer schwerer und schwerer", bis das Gefühl spürbar wird. Nach und nach wiederholst Du diese Übung bei Armen und Beinen, bis zur vollständigen Entspannung, die in den suggestiven Satz „Ich bin ganz schwer" mündet.

Auch hier gelingt es bei regelmäßigem Training immer leichter und schneller, den gewünschten Entspannungszustand zu erreichen.

Wärme Übung

Beginnend wieder mit Deiner starken Seite suggerierst Du Dir mit dem Satz „Mein rechter Arm/linkes Bein [etc.] wird angenehm warm" Schritt für Schritt ein Wärmegefühl im ganzen Körper. Tatsächlich kann so eine Weitung der Blutgefäße und ein Ansteigen der Körpertemperatur erzielt werden.

Atem-Übung

Als Nächstes konzentrierst Du Dich auf Deine Atmung. Durch das bewusste Wahrnehmen des Ein- und Ausatmens und den autosuggestiven Satz „Ich atme ruhig und regelmäßig" steigerst Du gezielt die Entspannung.

Das Sonnengeflecht

Anatomisch betrachtet kann das Sonnengeflecht mit dem Solarplexus, also der Region unterhalb des Zwerchfells gleichgesetzt werden. Es handelt sich um ein strahlenartiges Nervengeflecht, welches Funktionen des Magens und des Darms reguliert. Bei der Übung suggerierst Du Dir ein Wärmegefühl in dieser Körperregion, vergleichbar der Wärme einer auf dem Unterbauch liegenden Hand. Unterstütze diese Übung mit dem Suggestivsatz „Mein Sonnengeflecht ist fließend und warm".

Herzübung

Mit dieser Übung sollst Du lernen, Deinen Herzschlag wahrzunehmen und zu regulieren. Konzentriere Dich auf deinen Puls und sage Dir immer wieder den Satz „Mein Herz schlägt ruhig und gleichmäßig" vor.

Stirnkühle

Diese Übung soll Dich in Stresssituationen beruhigen und erfrischen. Stelle Dir ein kühles Tuch vor, das auf Deiner Stirn liegt und nutze dabei den Suggestivsatz „Meine Stirn ist angenehm kühl".

Rücknahme

Die Rücknahme dient dazu, eine Sitzung des autogenen Trainings zu beenden. Sie ist vergleichbar dem Abschluss einer Hypnosesitzung, mit der ein Therapeut den Patienten sprichwörtlich ins Hier und Jetzt zurückholt.

Mit einiger Übung gelingt es Dir, Dich mit den vorangehenden Übungen in einen tranceartigen Zustand zu versetzen. Wird dieser nicht aufgelöst, kann Dich die dabei aufkommende Müdigkeit im weiteren Alltag einschränken. Solltest Du das autogene Training ausdrücklich wegen Einschlafproblemen nutzen wollen, kannst Du auf die Rücknahme aber auch verzichten.

Die Rücknahme erfolgt ebenfalls durch einen Suggestivsatz. Zum Beispiel kannst Du Dir sagen „Ich atme tief ein, öffne meine Augen und fühle mich wach und erfrischt". Oft wird dieser Satz von einer individuellen Bewegung, einem Kreisen der Schultern oder einem sanften Schütteln des Kopfes begleitet, hier wirst Du im Laufe der Zeit Deine individuellen Techniken entwickeln.

Das Lesen der Übungsanleitungen hat Dich vielleicht etwas skeptisch gemacht. Auf den ersten Blick mag das alles etwas esoterisch angehaucht klingen und vielleicht denkst Du, dass Du auf diese Weise keine Wirkung erzielen kannst. Autogenes Training, insbesondere ohne professionell begleitete Einführung, ist tatsächlich nicht für jeden geeignet. Wenn Du Dich jedoch darauf einlässt und mit etwas Geduld die Übungen einige Male ausprobierst, wirst Du mit großer Wahrscheinlichkeit feststellen, dass sie Wirkung zeigen.

Der Handel und das Internet bieten zudem eine große Auswahl an Hörbüchern und gesprochenen Anleitungen, die Dich beim Einstieg in das autogene Training begleiten können, Dir die Techniken näher bringen und Dir die Suggestivsätze vorsprechen.

Sport

„Mens sana in corpere sano." ("Ein gesunder Geist in einem gesunden Körper.") – Das fast zwei Jahrtausende alte Zitat des Dichters Juvenal kann heute in vielen Lebensbereichen als bewiesen betrachtet werden. Zahlreiche Studien belegen den positiven Effekt sportlicher Betätigung auf verschiedene psychische und physische Erkrankungen.[13]

Auch im Bereich der Angststörungen verdichten sich die Hinweise, dass Ausdauersport eine therapeutische und medikamentöse Behandlung sinnvoll unterstützen und Behandlungserfolge vergrößern kann. In Studien konnte nachgewiesen werden, dass Betroffene durch einfaches Lauftraining bereits nach kurzer Zeit eine signifikante Besserung zeigen.

Als problematisch kann sich jedoch die praktische Umsetzung erweisen. Insbesondere Panikpatienten sind im Ausgangsstadium ihrer Erkrankung oftmals nicht ohne weiteres in der Lage, ein für gesunde Menschen einfaches Lauftraining umzusetzen. Die natürlichen physischen Reaktionen auf körperliche Anstrengung können Panik auslösen. Gleichzeitig kann das Laufen im Freien als Exposition im Rahmen einer Konfrontationstherapie gezielt in eine Behandlung sozialer Phobien eingebunden werden. Als Lerneffekt erkennen Angstpatienten zudem, dass körperliche Symptome wie der Anstieg der Herzfrequenz, Atemnot und Schwitzen ganz natürlich sind.

Zusätzlich gilt als erwiesen, dass Sport den Parasympathikus stärkt (*vgl. Kapitel „Sympathikus und Parasympathikus"*) und so ein Ungleichgewicht im vegetativen Nervensystem, das als ausschlaggebend für Angststörungen betrachtet wird, ausgleicht.

Angststörungen bei Kindern und Jugendlichen

Jeder, der eigene Kinder hat oder regelmäßigen Kontakt zu Kindern pflegt, weiß, dass diese vor allem in jungen Jahren immer wieder Entwicklungsphasen durchleben, die von mehr oder weniger ausgeprägten Angstepisoden begleitet werden. Angst ist gerade bei Kindern im Grunde völlig normal und kein Anlass zur

Beunruhigung. Besonders Kleinkinder reagieren auf unterschiedliche Situationen im Alltag ängstlich. Besonders ausgeprägt sind bei ihnen Trennungsängste. Kinder nehmen die eigene Hilflosigkeit wahr, fürchten sich vor dem Alleinsein, vor der Dunkelheit oder vor dem Monster unter dem Bett. Äußere Einflüsse können diese Ängste auslösen und verstärken. Unter normalen Umständen verschwinden sie jedoch mit dem Größerwerden, lassen sich durch sensible Zuneigung mildern und bedürfen keiner weiterführenden Behandlung. Mit zunehmendem Alter, vor allen Dingen im Schulalter, treten häufig auch Versagensängste, Prüfungsangst oder soziale Ängste im Umgang mit anderen auf. Auch hierbei handelt es sich in aller Regel um sogenannte normgerechte Ängste, die nur phasenweise auftreten und von allein wieder verschwinden.

Studien belegen jedoch, dass etwa zehn Prozent der Kinder und Jugendlichen in Deutschland unter akuten Angststörungen leiden[14]. Dies ist immer dann der Fall, wenn die beschriebenen Ängste ein „gesundes" Maß übersteigen und dauerhaft auftreten. So entwickeln sich auch bei

Kindern und Jugendlichen behandlungsbedürftige Phobien oder generalisierte Angststörungen.

Auch Panikstörungen können bei Kindern auftreten. Vor allem ältere Jugendliche sind betroffen. Zum einen können sich Panikstörungen bei Jugendlichen mit besonders ausgeprägten Symptomen äußern, zum anderen sind ihre Folgen für die kognitive und nicht zuletzt für die soziale Entwicklung schwerwiegend. Deshalb sollte möglichst frühzeitig mit einer Behandlung begonnen werden.

Wie erkenne ich, dass mein Kind unter einer Angststörung leidet?

Für Eltern ist die Diagnose einer Angststörung besonders bei kleinen Kindern besonders schwer. Hat man es nur mit einem besonders ängstlichen Kind zu tun, also mit einem individuellen Charakterzug, oder überschreitet die Angst bereits die Grenze zur Angststörung? Bei Erwachsenen erfolgt die Diagnose üblicherweise im Gespräch. Gerade Kleinkinder sind jedoch häufig gar nicht in der Lage zu äußern, was sie quält. Bis Eltern auf die Idee kommen, dass ihr Kind unter einer psychischen Störung leidet, durchleben sie oft eine wahre Odyssee. Dies liegt nicht zuletzt auch daran, dass sich Angststörungen durch körperliche Symptome wie Übelkeit äußern. Der Umfang der Symptome ist jedoch, abhängig vom Schweregrad der Angststörung, bei Kindern besonders groß und beinhaltet auch Verhaltensänderungen, die für Eltern ohne Vorerfahrung schwer zu interpretieren sind. Zu den verbreiteten Symptomen zählen:

- Rückentwicklung bereits erlernter Fähigkeiten
- Einnässen
- Lethargie aber auch Hyperaktivität
- Autoaggressives Verhalten
- Zwangsstörungen
- Stottern
- Zittern
- Atemnot
- Antriebslosigkeit und Selbstisolation

Viele dieser Symptome können auch durch andere Erkrankungen oder durch traumatische Erlebnisse hervorgerufen werden, weshalb es zum Teil selbst Kinderärzten schwerfallen kann, auf Anhieb auf eine Angststörung zu schließen

Ursachen für Angststörungen bei Kindern

Gerade bei Kindern und Jugendlichen liegt die Vermutung nahe, dass Angststörungen traumatisch bedingt sind. Auf jeden Fall gilt als sicher, dass traumatische Erlebnisse und ein insgesamt ungünstiges Lebensumfeld, zum Beispiel eine belastende familiäre Situation oder sozioökonomische Belastungen, zum Entstehen einer Angststörung maßgeblich beitragen können. Dass zum Beispiel Trennungsängste durch den Verlust eines Elternteils oder einer anderen nahestehenden Person, durch die Trennung der Eltern, eine eigene schwere Erkrankung oder prägende Erlebnisse entstehen oder verstärkt werden können, ist leicht nachvollziehbar.

Wie bereits angesprochen, kann aber auch die Angststörung eines Elternteils unbeabsichtigt auf das Kind übertragen werden. Dies gilt insbesondere für Phobien, die Kinder gewissermaßen im Alltag vorgelebt bekommen und so wie positive Charakterzüge übernehmen. Nicht von der Hand zu weisen ist außerdem eine genetische Disposition.

Wie werden Angststörungen bei Kindern diagnostiziert und behandelt?

Der erste Weg führt Eltern meist zum Kinderarzt. Eine plötzlich auftretende Verhaltensauffälligkeit oder Wesensänderung muss nicht zwingend auf eine Angststörung hinweisen und auch regelmäßige Kopf- und Bauchschmerzen oder Rückschritte in der Entwicklung wie plötzlich wieder auftretendes Bettnässen können andere, physische Ursachen haben. Ein Kinderarzt sollte deshalb zuerst organische Erkrankungen ausschließen. Kompetente Allgemeinmediziner werden schnell feststellen, ob es sich um ein physisches oder ein psychisches Problem handelt, und Kind und Eltern gegebenenfalls an einen Facharzt überweisen.

Ein psychiatrischer Kinderarzt wird anhand der Symptome und, soweit möglich, im Gespräch mit dem Kind und natürlich mit den Eltern nach Ursachen forschen und eine kompetente Diagnose stellen.

Zur Behandlung werden die gleichen Therapieformen genutzt, die sich auch bei Erwachsenen bewährt haben, nur natürlich mit auf das Alter des Kindes und seinen Entwicklungsstand zugeschnittenen Methoden. Eine frühzeitige Behandlung ist gerade bei Kindern besonders wichtig, da mit ihr verhindert werden kann, dass sich aus verstärkten Ängsten eine generalisierte Angst entwickelt und eine chronische Angststörung entsteht.

Auch Kinder werden überwiegend im Rahmen einer kognitiven Verhaltenstherapie behandelt, die ihnen die Mechanismen der Angst klarmachen soll und Strategien vermittelt, diese zu überwinden.

Eine medikamentöse Behandlung ist ebenfalls möglich, sollte jedoch nicht zuletzt aufgrund der potentiellen Nebenwirkungen sorgsam geprüft werden.

Begleitende Behandlungsmethoden wie progressive Muskelentspannung und autogenes Training können sich gerade bei älteren Kindern als sinnvolle und effektive Ergänzung erweisen.

Wie kann man Angststörungen bei Kindern vorbeugen?

Individuelle Erlebnisse und Erfahrungen können das Entstehen einer Angststörung bei Kindern zumindest begünstigen. Hierzu gehört auch der Umgang mit der normgerechten Angst. Kinder erleben in angstauslösenden Situationen einen besonders starken Kontrollverlust und bedrohliche Hilflosigkeit. Es ist die Aufgabe der Eltern oder Erziehungsverantwortlichen, dem Kind in diesen Momenten Sicherheit zu geben. Ein Kind sollte sich darauf verlassen können, in Situationen, die es als überfordernd empfindet, auf die Unterstützung und Fürsorge eines Erwachsenen vertrauen zu können.

An erster Stelle steht die Empfehlung, kindliche Ängste ernst zu nehmen und dem Kind dies auch zu vermitteln. Ein „stell Dich nicht so an" oder ein lapidares „vor so etwas muss man doch keine Angst haben" entspricht vielleicht der erwachsenen Logik und Vernunft, übersieht aber die

Ausgangssituation, in der sich ein Kind befindet. Ohne Lebenserfahrung und mit begrenztem logischen Denkvermögen ausgestattet, verschwimmen bei Kindern die Grenzen zwischen Realität und Fantasie allzu leicht. Machen Sie sich klar, dass für Ihr Kind das Monster unter dem Bett eine vollkommen reale Bedrohung und kein Hirngespinst ist.

Erwachsene neigen dazu, Kindern die Welt rein logisch und sachlich zu erklären, was in vielen Bereichen sicherlich sinnvoll ist. Um Ängste frühzeitig zu überwinden, bringt es jedoch wenig, allein mit logischen Argumenten vorzugehen.

Wenn die kindliche Fantasie der Ursprung einzelner Ängste ist, kann sie auch genutzt werden, um Ängste zu bewältigen. Was in der Pädagogik schon lange als gesichert gilt, trifft auch für die Prävention kindlicher Angststörungen zu: Kinder lernen besonders effektiv im Spiel.

Wie in der Konfrontationstherapie ist es auch bereits in der Prävention sinnvoll, Kinder im Spiel Situationen wiederholen zu lassen, die ihnen Angst machen. Spielerisch können so Lösungen und Strategien entwickelt, erprobt und verfestigt werden.

Dabei solltest Du gezielt die Fantasie Deines Kindes nutzen. Wer an Magie und Zauberwesen glaubt und in seiner Fantasie unbelebten Gegenständen Leben einhaucht, kann diese Fähigkeit auch nutzen, um sich in angstauslösenden Situationen zu beruhigen und zu schützen. So banal es Erwachsenen erscheinen mag, aber eine lebhaft erzählte Geschichte, die aus einem einfachen Plüschtier ein heldenhaftes Zauberwesen mit magischen Kräften macht, gibt einem Kind etwas, an dem es sich in einer Angstsituation festhalten kann und das ihm hilft, sie zu bewältigen. Wird Angst bewältigt, verliert sie ihren Schrecken und kann langfristig überwunden werden, bevor sie sich als ernsthafte Angststörung manifestiert.

Angst im Schlaf

Eines der häufigsten Symptome einer Angststörung sind Schlafstörungen. Panikattacken treten bei vielen Betroffenen nachts auf. Nachts hochzuschrecken ist ein verbreitetes Problem. Die innere Anspannung, die sich bei Angstkranken entwickelt, wirkt sich meist auch auf die Fähigkeit einzuschlafen und durchzuschlafen aus.

Schlafstörungen zeigen sich auch bei Kindern. Sie pauschal als Hinweis auf eine psychische Störung zu interpretieren, kann sich jedoch als vorschnell erweisen.

Alpträume

Alpträume sind gerade bei Kindern im Alter zwischen zwei und zehn Jahren ein weit verbreitetes Phänomen.

Der Traum an sich, das individuelle realistische Erleben während der sogenannten REM-Phase, stellt die Neurobiologie bis heute vor viele Rätsel. Zwar besteht allgemeiner Konsens, dass diese besondere Art der Hirnaktivität im Schlaf eine neurobiologische Bedeutung haben muss, welche dies jedoch genau ist, darüber finden sich bis heute nur, zum Teil widersprüchliche, Hypothesen. So nehmen einige Wissenschaftler an, dass Träume eine Begleiterscheinung der Hirnreifung sind, andere sehen in ihnen eine Form der Verarbeitung emotionaler Erlebnisse im Wachzustand des Menschen.

Wer sich seiner eigenen Träume nach dem Aufwachen noch erinnert, der weiß, wie surreal und verrückt diese sein können. Eine Sonderform bilden Alpträume. Sie zeichnen sich dadurch aus, dass ein Traumgeschehen von Angst und Panik begleitet wird, wobei die erträumte Handlung selbst nicht zwingend objektiv angsteinflößend sein muss.

Gerade bei Kindern sind Alpträume oft die Folge angsteinflößender Erlebnisse während des Tages. Ebenfalls hypothetisch wird davon ausgegangen, dass diese Eindrücke so verarbeitet werden.

Grundsätzlich sind Alpträume bei Kindern kein Grund zu übermäßiger Sorge. Natürlich sollten Bezugspersonen lernen, mit ihnen situativ angemessen umzugehen. Insbesondere kleineren Kindern fällt es häufig schwer, zwischen Traum und

Realität zu unterscheiden. Während Erwachsene meist binnen kurzer Zeit nach dem Erwachen aus einem Alptraum vollständig in die Realität zurückfinden und das Traumgeschehen als solches erkennen, fällt Kindern dieser Schritt deutlich schwerer. Es ist nicht ungewöhnlich, dass sich Kinder im Vorschulalter noch Tage, vereinzelt sogar über Wochen, an einen besonders eindrucksvollen Alptraum erinnern und sogar unter der Erinnerung leiden.

Was für die Bewältigung einer tatsächlichen Angststörung gilt, sollte auch beim „einfachen" Alptraum beachtet werden: Nimm als Bezugsperson die Ängste des Kindes ernst! Was ein Kind, das grade aus einem Alptraum erwacht ist und die in ihm empfundene Angst nicht einfach abschütteln kann, vor allen Dingen braucht, ist Verständnis und Zuwendung. Kann das Kind bereits sprechen, solltest Du versuchen, das Traumerlebnis aufzuarbeiten. Dabei solltest Du auch überlegen, welche tatsächlichen Erlebnisse oder Lebensumstände als Auslöser eines Alptraums angesehen werden könnten. Alpträume können auch ein Zeichen dafür sein, dass ein Kind im Alltag überfordert ist. Sei es übermäßiger Medienkonsum oder schulischer Leistungsdruck, Alpträume können ein Hinweis auf eine relevante Grundproblematik sein.

Auch wenn Alpträume bei Kindern grundsätzlich nicht besorgniserregend sein müssen, sollten sie beobachtet werden. Treten sie deutlich verstärkt auf, kommt es regelmäßig, einmal die Woche oder häufiger zu vielleicht sogar wiederkehrenden Alpträumen, sollte der Kinderarzt zu Rate gezogen werden.

Nachtschreck

Alpträume zählen zu den sogenannten Parasomnien, Phänomene, die im Schlaf oder aus ihm heraus auftreten. Eine weitere Form der angstbesetzten Schlafstörung bei Kindern ist der Nachtschreck (Pavor nocturnus).

Der Verlauf dieses Schlafphänomens ist gerade für Eltern besonders dramatisch und beunruhigend. Betroffene Kinder schrecken aus dem Schlaf hoch, schreien, weinen, sind schweißgebadet, atmen hektisch bei rasendem Puls. Hinzueilende

Erwachsene sind hilflos. Das Kind ist nicht ansprechbar und lässt sich einfach nicht beruhigen. Gut gemeinte Zuneigung und körperliche Zuwendung zeigt keine positiven Effekte, verschlimmert die Situation oft sogar. Das Kind stößt sie weg, schlägt vielleicht sogar wild um sich. Für viele Eltern sind gerade die ersten Episoden der reine Horror. Das eigene Kind scheint wach, starrt vielleicht mit weit aufgerissenen Augen ins Leere, als sehe es ein Monster vor sich, es ruft nach seiner Mutter, obwohl diese direkt vor ihm sitzt, und scheint gerade in einem fürchterlichen Alptraum gefangen. Der Nachtschreck dauert meist nur wenige Minuten. So schnell und unvermittelt wie er beginnt, hört er wieder auf. Der Blick des Kindes klärt sich, es wird erkennbar, dass es seine Umwelt wieder wahrnimmt und innerhalb weniger Sekunden schläft es wieder ein, als wäre nichts gewesen.

Der Nachtschreck tritt vermehrt bei Kindern zwischen zwei und sechs Jahren auf und beginnt überwiegend in den ersten zwei bis maximal drei Stunden nach dem ersten Einschlafen. Spätestens mit der Pubertät verschwindet die Störung meist vollständig, wobei ein Auftreten selbst bei Erwachsenen nicht gänzlich auszuschließen ist.

So dramatisch das Erlebnis für den Beobachter erscheinen mag und so sehr es Eltern in Sorge versetzen kann, muss doch eines klar festgestellt werden: Der Nachtschreck ist absolut harmlos und für das Kind völlig ungefährlich. Wie bei dem ebenfalls den Parasomnien zugeordneten Schlafwandeln sollten Eltern lernen, mit den Episoden umzugehen. Das bedeutet konkret, zu lernen sie auszusitzen, abzuwarten, bis sie vorübergehen, und dabei nicht zu versuchen, allzu resolut auf das Kind einzuwirken, sondern lediglich darauf zu achten, dass es sich selbst keinen Schaden zufügt.

Am nächsten Morgen können sich Kinder nicht an das Erlebnis erinnern. Hierin unterscheidet sich der Nachtschreck signifikant vom klassischen Alptraum oder von nächtlichen Panikattacken als Teil einer auch bei Kindern auftretenden Panikstörung. Viele Wissenschaftler empfehlen, die nächtlichen Ereignisse gegenüber dem Kind nicht zu thematisieren. Zwar hat das Kind keine Erinnerung und leidet nicht unter irgendwelchen Folge- oder Begleiterscheinungen, durch das ausführliche Berichten kann jedoch beim Kind der Eindruck entstehen, dass mit ihm etwas nicht in Ordnung ist, was wiederum zu Schlafstörungen und langfristig sogar zum Entstehen einer „echten" Angststörung führen könnte.

Ob Dein Kind unter dem Nachtschreck leidet, kannst Du in erster Linie anhand der beschriebenen Symptome beurteilen. Ob eine ärztliche Diagnose und sogar eine Behandlung erforderlich sind, hängt nicht zuletzt von der Häufigkeit und Intensität der Anfälle ab. Bis zu sechs Prozent alle Kinder sind vom Nachtschreck betroffen. In vielen Fällen bleibt es ein einmaliges Erlebnis, häufig treten die Anfälle jedoch regelmäßig oder zumindest phasenweise gehäuft auf.

Die aktuelle Forschung geht davon aus, dass es sich beim Nachtschreck um das Symptom einer Reifestörung des Gehirns in Bezug auf die Fähigkeit der Regulierung der unterschiedlichen Schlafphasen handelt, was auch das Auftreten in einem festen Zeitfenster nach dem Einschlafen erklären würde. Die Psychoanalyse hingegen nimmt an, dass es sich um eine

Angstreaktion handelt, die in der Folge von Konflikten und traumatischen Erlebnissen auftritt.

Tritt der Nachtschreck gehäuft auf, ist es allerdings ratsam, mit dem Kinderarzt Rücksprache zu halten. Zum einen kann er besorgte Eltern professionell beruhigen, zum anderen entscheiden, ob die Diagnose professionell abgesichert werden sollte. Ein Grund hierfür ist der Umstand, dass die beschriebenen Symptome des Nachtschrecks zumindest in Teilen auch auf eine Epilepsie hinweisen könnten. Eine Nacht im Schlaflabor und eine EEG-Kontrolle liefern hier eindeutigen Aufschluss.

Angststörungen in Familie und Partnerschaft

Was seit Langem für Suchterkrankungen bekannt ist, zeigt sich bei genauer Betrachtung auch bei Angststörungen: Die Erkrankung betrifft nicht nur den Angstpatienten selbst, sondern immer auch Familienangehörige und Partner.

So sehr eine Angststörung und ihre Symptome den Alltag des Betroffenen beeinflussen, so sehr wirkt es sich naturgemäß auf den Alltag seiner nächsten Bezugspersonen, des Lebenspartners oder bei Kindern mit Angststörungen auf deren Eltern aus. Dies gilt vor allen Dingen dann, wenn Angststörungen mehr oder weniger unvermittelt auftreten und von heute auf morgen oder auch schleichend das Leben verändern.

Wenn Dein Kind, Dein Partner, ein Elternteil oder ein nahestehender Freund unter einer Angststörung leidet, führt kaum ein Weg für Dich an der Krankheit vorbei. Je näher Dir die Person steht, desto mehr wird ihre Lebenssituation auch die Deine negativ beeinflussen.

In erster Linie ist es natürlich schmerzvoll, das Leid eines geliebten Menschen zu beobachten, besonders schwer zu ertragen ist jedoch die eigene Hilflosigkeit der Krankheit gegenüber. Außerdem ist der Alltag bei Paaren und Familien üblicherweise eng miteinander verbunden und aufeinander abgestimmt. Angsterkrankungen zeichnen sich in vielen Fällen durch zunehmende Isolation der Betroffenen aus. Die natürliche Vermeidungsstrategie (*vgl. „Der natürliche Umgang mit der Angst"*) führt dazu, dass sie sich immer mehr zurückziehen und gerade bei sozialen Phobien häufig nicht einmal mehr die eigenen, vertrauten vier Wände verlassen. Nachvollziehbar, dass von einem solchen Verhalten auch nahe Angehörige betroffen sind.

Angststörungen können existenzbedrohend sein. Wer das Haus nicht verlässt oder in ständiger Angst vor der Angst lebt, kann auch am Arbeitsleben nicht mehr in vollem Umfang teilnehmen. Die Folgen betreffen jedoch nicht nur den Kranken selbst, sondern auch dessen Angehörige. Entsprechend beunruhigend ist es für diese, zu beobachten, wie der Angehörige immer weiter von der Angsterkrankung eingeschränkt wird. Entwickelt der Partner als Folge seiner Krankheit eine zusätzliche Alkohol- oder andere Drogenabhängigkeit, geraten Beziehungen leicht an ihre Belastungsgrenze.

Als Partner, Angehöriger oder Freund willst Du helfen, leider ist das nicht immer so einfach. Für Gesunde ist es schwer nachzuvollziehen oder auch nur im Ansatz nachzuempfinden, was der kranke Angehörige fühlt. Jeder Mensch kennt Angst, das befähigt ihn aber leider nicht dazu, die

Angst eines psychisch Kranken zu verstehen. Nicht selten neigen wir im Gegenteil dazu, unsere eigenen Maßstäbe anzusetzen, die Ängste des Partners zu verharmlosen und ihn gut gemeint unter Druck zu setzen. Vielleicht kennst Du Deinen Partner seit vielen Jahren als selbstbewussten Menschen, der mit beiden Beinen fest im Leben steht und sich immer als vernunftbegabtes Wesen präsentiert. Die Angsterkrankung verändert diesen Zustand elementar. Einem Betroffenen zu sagen, er möge sich zusammenreißen, einfach ruhig bleiben, sich nicht so anstellen, oder zu versuchen, ihm klarzumachen, dass die Angst nur in seinem Kopf abläuft, nichts Schlimmes und letztlich unbegründet ist, mag aus dem Blickwinkel des Gesunden naheliegen, wird der Ernsthaftigkeit einer Angststörung für den psychisch Kranken aber nicht gerecht.

In aller Regel sind sich die meisten Angehörigen der Bedeutung einer Angststörung jedoch durchaus bewusst. Sie versuchen alles, um das Leiden des anderen zu mildern und unterstützen ihn dabei schlimmstenfalls in seinen Vermeidungsstrategien. Einen Kranken zu schonen, ist gut gemeint, kann seine Situation jedoch langfristig verschlechtern und verfestigen.

Übermäßige Fürsorge schadet jedoch nicht nur dem Angstkranken, sie wird auf Dauer auch zur schwer erträglichen Belastung für den rücksichtnehmenden Partner.

Viele Angehörige richten ihr gesamtes Leben auf den kranken Partner aus. Eigene Interessen werden zurückgestellt. Wenn der Lebenspartner das Haus nicht mehr verlässt, wird auch das eigene soziale Leben ihm zuliebe eingeschränkt. Hobbys werden nicht mehr ausgeübt und Freundschaften nicht gepflegt – der Kranke wird zum Zentrum des eigenen Universums. Stoßen dann auch noch die eigenen Bemühungen auf taube Ohren und lässt sich die Situation des Partners eben selbst durch die liebevollsten Bemühungen und Ratschläge nicht verbessern, findest Du Dich schnell in einem Strudel aus Wut, Enttäuschung, eigener Angst, Verzweiflung und Schuldgefühlen, der zur Zerreißprobe für die Partnerschaft und Gefahr für die eigene Gesundheit werden kann.

Wie aber geht man dann richtig mit der Angsterkrankung eines Angehörigen um?

Zunächst solltest Du Dir klarmachen, dass es bei psychischen Erkrankungen nicht in erster Linie darum geht, einen Schuldigen an der Situation zu benennen oder überhaupt eindeutige Gründe zu finden. Zumindest ist dies nicht Deine Aufgabe. Außerdem sollte Dir bewusst sein, dass es sich um eine ernstzunehmende Erkrankung handelt und entsprechend eine professionelle Behandlung erforderlich ist. Selbst wenn sich Angehörige von psychisch Kranken oft durch das Erlebte und die Auseinandersetzung mit dem Thema zu Experten in der Theorie entwickeln, können sie doch eine therapeutische und eine gegebenenfalls sinnvolle medikamentöse Behandlung nicht vollständig ersetzen. Sie können diese aber durchaus effektiv begleiten und sind gerade bei Partnerschaften oder engen familiären Bindungen für deren Gelingen unverzichtbar.

Der erste und in vielen Fällen wichtigste Schritt besteht darin, den Betroffenen aktiv dabei zu unterstützen, sich professionell helfen zu lassen. Da Angstpatienten ihre Ängste oft als absolut real betrachten, muss häufig erst das Bewusstsein dafür geschaffen werden, dass es sich um eine behandlungsbedürftige Erkrankung handelt. Mach Deinem Partner klar, dass Du seine Ängste ernst nimmst und dass Du ihm dabei helfen willst, sie zu überwinden. Zeige ihm aber auch unmissverständlich, wenn Du selbst nicht mehr in der Lage bist, mit der Situation umzugehen und zur Überzeugung gelangst, dass er kompetente Hilfe benötigt.

Insgesamt darfst Du Fürsorge nicht mit Selbstaufgabe verwechseln. Auch wenn Dir Dein Partner wichtig ist und Dir sein Wohlergehen am Herzen liegt, ist keinem damit gedient, wenn Du selbst auf Kurz oder Lang Schaden nimmst. Beachte deshalb einige grundsätzliche Regeln:

- Nimm Dir Zeit für Dich! Die Angsterkrankung eines Partners kann schnell zum einzigen Lebensinhalt werden und übermäßig belasten. Zumindest gelegentlich Auszeiten zu planen, ist unverzichtbar.
- Schaffe Gelegenheiten zum Ausgleich! Auch wenn es schwerfällt, ein Hobby zu pflegen oder sich regelmäßig sportlich zu betätigen, kann es Dir die Energie liefern, die von der

belastenden Gesamtsituation beansprucht wird.
- Arbeite an Freundschaften! Isolation kann für alle Beteiligten die Folgen einer Angststörung verstärken.
- Sprich mit Deinem Angehörigen! In sozialen Beziehungen sollte Kommunikation an erster Stelle stehen, in belastenden Situationen gilt dies umso mehr. Das bedeutet jedoch nicht, dass Gespräche nur noch um die Krankheit kreisen sollten.
- Setze und formuliere Grenzen! Angstgestörte benötigen Hilfe. Dankbarkeit und Zurückhaltung darf man von ihnen nicht automatisch erwarten.
- Gestalte einen „normalen" Alltag! Gemeinsame Aktivitäten stärken eine Beziehung und können eine gespannte Situation merklich entlasten.
- Betroffene helfen Betroffenen! Selbsthilfegruppen sind für Angehörige psychisch Kranker oft eine große Hilfe.
- Krankheit erzeugt Krankheit! Wenn Du besonders unter der Situation

leidest, kann sich aus der Fürsorge eine eigenständige psychische Erkrankung entwickeln. Rechtzeitig professionelle Hilfe in Anspruch zu nehmen und vielleicht selbst therapeutische Betreuung zu suchen, kann in diesem Fall der richtige Weg sein.

Natürlich ist es naheliegend und sinnvoll, dass Du Dich ausführlich über die Erkrankung Deines Partners informierst. Auch wenn Du nicht versuchen solltest, ihn zu behandeln und damit vielleicht sogar eine Therapie zu ersetzen, kannst und solltest Du ihn oder sie unterstützen und gezielt eine Behandlung ergänzen. Auch hierfür gibt es ein paar Grundregeln, die Du beachten kannst:

- Nimm die Erkrankung Deines Partners ernst!
- Zeige ihm, dass Du ihm helfen willst!
- Unterstütze ihn bei der Umsetzung von Bewältigungsstrategien!
- Fördere und Fordere! Schrecke nicht davor zurück, von Deinem Partner angemessene Anstrengungen einzufordern.

- Unterstütze keine Vermeidungsstrategien! Die Angst vor der Angst führt in die Isolation. Nur wer sich gezielt angstbesetzten Situationen aussetzt, kann lernen, mit ihnen umzugehen und sie zu überwinden. Angehörige können Angstpatienten dabei unterstützen und motivieren.
- Informiere Dich über geeignete Übungen und steh Deinem Partner bei ihrer Ausführung zur Seite!
- Unterstütze bei begleitenden Behandlungsmethoden! Gemeinsam Sport zu treiben, kann zum Beispiel sowohl der Erkrankung entgegenwirken als auch das Miteinander fördern.
- Entmündige Deinen Partner nicht! Nur wer als Betroffener selbst lernt, mit der eigenen Erkrankung umzugehen, wird langfristig Besserung oder sogar Heilung erfahren. Der gutgemeinte Impuls, einem Kranken alle Belastung abzunehmen oder ihn wie ein kleines Kind bei jedem Schritt zu begleiten, kann Angststörungen verstärken und langfristig festigen.

Fazit – Angst: Die Dosis macht das Gift

Angst ist ein lebenswichtiger Schutzmechanismus. Würden wir als Menschen nicht in bestimmten Situationen Angst empfinden, wir wären wohl nicht in der Lage, auch nur einen Tag unbeschadet zu überstehen. Auch wenn wir vermeintlich in vielen Entscheidungen von Logik und Einsicht gelenkt werden, sind es doch bei genauerer Betrachtung meist Urinstinkte wie die Angst, die uns leiten. Nicht bei Rot über eine vielbefahrene Straße zu gehen, entspricht zwar den von Kindesbeinen erlernten Regeln, die Angst, beim Versuch verletzt zu werden, ist aber eine ungleich höhere Motivation, es nicht zu versuchen.

Angst hat jedoch auch eine andere Seite, eine bedrohliche und zerstörerische. Sie zeigt sich immer dann, wenn Angst sich verselbständigt und eben nicht mehr allein unserem Schutz dient. In diesen Fällen wird Angst zur ernstzunehmenden psychischen Erkrankung.

Unbehandelt wird eine Angststörung zur schweren Belastung. Betroffene büßen maßgeblich an Lebensqualität ein und sind oft nicht mehr in der Lage, ein halbwegs normales Leben zu führen.

Besonders schwerwiegend sind Angsterkrankungen bei Kindern, die noch schlechter als Erwachsene eigenständig mit ihnen umgehen oder sie bewältigen können. Gleichzeitig kann schon eine leichte Angststörung Einfluss auf die Entwicklung und damit die gesamte Zukunft eines Kindes nehmen.

Eine Angststörung ist jedoch behandelbar. Je früher sie erkannt und mit einer Therapie begonnen wird, desto größer sind die Erfolgsaussichten für ein zukünftig unbeschwertes Leben, das vielleicht nicht vollständig angstfrei ist, jedoch die Angst nicht mehr in den Mittelpunkt des Denkens, Fühlens und Handelns stellt.

Eine Selbstdiagnose und eine Eigentherapie sind zumindest bei schwach ausgeprägten Angststörungen grundsätzlich zwar möglich, können aber eine fachkundige Therapie nicht ersetzen.

Angst wird in unserer Gesellschaft häufig mit Schwäche gleichgesetzt, weshalb

Betroffene nicht selten auch aus Scham die Isolation einer Auseinandersetzung mit der Erkrankung vorziehen. Freunde und Angehörige sollten es deshalb als ihre Aufgabe betrachten, ihnen Wege aufzuzeigen und nach Kräften zu ebnen. Dies gilt wiederum besonders gegenüber Kindern, denen die grundlegende Einsichtsfähigkeit in die Natur ihrer Erkrankung meist ebenso fehlt wie das Wissen um mögliche Abhilfe.

Hast Du Dich oder einen Dir nahestehenden Menschen in den Beschreibungen der verschiedenen Angststörungen in diesem Buch wiedererkannt, zeigt vielleicht die Auswertung des kurzen Selbsttests ein Ergebnis, das auf eine Angststörung schließen lässt. Dann wünsche ich Dir die Kraft, Dich Deinen Ängsten zu stellen oder anderen dabei zu helfen, sie zu erkennen und mit therapeutischer Unterstützung zu überwinden.

Für alle anderen hoffe ich, dass es mir gelungen ist, Dich für das Thema Angst- und Panikstörungen zu sensibilisieren. Betroffenen wird der Weg in ein angstfreies Leben nicht zuletzt durch Unverständnis ihrer Umwelt erschwert. Nur weil wir irrationale Angst nicht am eigenen Leibe nachempfinden können, sollten wir uns über sie niemals lustig machen. Egal wie skurril sie uns im Einzelfall erscheinen mag, für Betroffene ist die Bedrohung real und die Angst übermächtig.

Quellen

- **Walter B. Cannon**: Wut, Hunger, Angst und Schmerz: eine Physiologie der Emotionen. Aus d. Engl. übers. von Helmut Junker. Hrsg. von Thure von Uexküll. Urban und Schwarzenberg, München / Berlin / Wien 1975. Erste engl. Ausgabe 1915
- [2] **Siegbert A. Warwitz**: Formen des Angstverhaltens. In: Ders.: Sinnsuche im Wagnis. Leben in wachsenden Ringen. 2., erw. Auflage, Verlag Schneider, Baltmannsweiler 2016, ISBN 978-3-8340-1620-1, S. 34–39
- [3] **Theo R. Payk**: Psychopathologie - Vom Symptom zur Diagnose. 4. Auflage. Springer, 2015, ISBN 978-3-662-45531-9. Kapitel 5.5. Angst und Panik (Kapitel 5.5, S. 188 f.)
- [1] **Selye, Hans**: The Physiology and Pathology of Exposure to STRESS. ACTA Medical Publishers, Montreal 1950

- [5] **Wills, Frank**: Kognitive Therapie nach Aaron T. Beck. Therapeutische Skills kompakt.
- [8] **Busch, F.N., Milrod, B.L., Singer, M.B. & Aronson, A.C**. (2012). Ma-nual of Panic-Focused Psychodynamic Psychotherapy – Extended range. New York: Routledge Taylor & Francis Group.
- **Bandelow B, Boerner RJ, Kasper S, Linden M, Wittchen HU, Möller HJ**:
- The diagnosis and treatment of generalized anxiety disorder. Dtsch Arztebl Int 2013; 110(17): 300–10.DOI: 10.3238/arztebl.2013.0300
- [11] **Edmund Jacobson**: Entspannung als Therapie. Progressive Relaxation in Theorie und Praxis. Aus dem Amerikanischen von Karin Wirth. 7. Auflage. Klett-Cotta, Stuttgart 1990, ISBN 978-3-608-89112-6.
- https://www.tk.de/techniker/magazin/life-balance/aktiv-entspannen/progressive-muskelentspannung-zum-download-2021142
- [12] **J. H. Schultz**: Das autogene Training (konzentrative

Selbstentspannung). Versuch einer klinisch-praktischen Darstellung. Thieme, Leipzig 1932.
- [14] **Reiss, F., Meyrose, A.-K., Otto, C., Lampert, T., Klasen, F., & Ravens-Sieberer, U.** (2019). Socioeconomic status, stressful life situations and mental health problems in children and adolescents: Results of the German BELLA cohort-study. PloS One, 14(3), e0213700.
- **Broocks, A. et al.**: Comparison of aerobic exercise, clomipramine, and placebo in the treatment of panic disorder. Am. J. Psychiatry 155: 603-609 (1998)
- **Neil K. Kaneshiro, David Zieve**: Night terror. Pavor nocturnus; Sleep terror disorder. A.D.A.M., abgerufen am 27. Juli 2011 (englisch, Last reviewed: May 1, 2011.)
- [8] E. Bromet, L. H. Andrade, I. Hwang, N. A. Sampson, J. Alonso, G. de Girolamo, R. de Graaf, K. Demyttenaere, C. Hu, N. Iwata, A. N. Karam, J. Kaur, S. Kostyuchenko, J. P. Lépine, D. Levinson, H. Matschinger, M. E. Mora, M. O.

Browne, J. Posada-Villa, M. C. Viana, D. R. Williams, R. C. Kessler: Cross-national epidemiology of DSM-IV major depressive episode. In: BMC Medicine. Band 9, 2011, S. 90,

[7] **CliniCum neuropsy**, Sonderausgabe September 2009, Medizin Medien Austria GmbH

- [4] **Deutsche Gesellschaft für Psychiatrie und Psychotherapie, Psychosomatik und Nervenheilkunde e.V. (DGPPN),** Dossier, Psychische Erkrankungen in Deutschland: Schwerpunkt Versorgung, Berlin 2018
- [6] **Deutsches Ärzteblatt** 1996; 93(18): A-1202 / B-1026 / C-962
- [9] **Thorsten Jakobsen, Gerd Rudolf, Josef Brockmann, Jochen Eckert, Dorothea Huber, Günther Klug, Tilman Grande, Wolfram Keller, Hermann Staats und Falk Leichsenring**, Ergebnisse analytischer Langzeitpsychotherapien beispezifischen psychischen Störungen:Verbesserungen in der

Symptomatik und in interpersonellen Beziehungen
- [10] **Fegert JM, Herpertz-Dahlmann B**: Serotonin-Wiederaufnahmehemmer im Kindes- und Jugendalter – Warnhinweise der Behörden, Analyseergebnisse und Empfehlungen. Nervenarzt 2005; 76: 1330–1339
- [13] Deutsches Ärzteblatt 2016; 113(45): A-2049 / B-1711

Haftungsausschluss

Die Umsetzung aller enthaltenen Informationen, Anleitungen und Strategien dieses E-Books erfolgt auf eigenes Risiko. Für etwaige Schäden jeglicher Art kann der Autor aus keinem Rechtsgrund eine Haftung übernehmen. Für Schäden materieller oder ideeller Art, die durch die Nutzung oder Nichtnutzung der Informationen bzw. durch die Nutzung fehlerhafter und/oder unvollständiger Informationen verursacht wurden, sind Haftungsansprüche gegen den Autor grundsätzlich ausgeschlossen. Ausgeschlossen sind daher auch jegliche Rechts- und Schadensersatzansprüche. Dieses Werk wurde mit größter Sorgfalt nach bestem Wissen und Gewissen erarbeitet und niedergeschrieben. Für die Aktualität, Vollständigkeit und Qualität der Informationen übernimmt der Autor jedoch keinerlei Gewähr. Auch können Druckfehler und Falschinformationen nicht vollständig ausgeschlossen werden. Für fehlerhafte Angaben vom Autor kann keine juristische Verantwortung sowie Haftung in irgendeiner Form übernommen werden.

Urheberrecht

Alle Inhalte dieses Werkes sowie Informationen, Strategien und Tipps sind urheberrechtlich geschützt. Alle Rechte sind vorbehalten. Jeglicher Nachdruck oder jegliche Reproduktion – auch nur auszugsweise – in irgendeiner Form wie Fotokopie oder ähnlichen Verfahren, Einspeicherung, Verarbeitung, Vervielfältigung und Verbreitung mit Hilfe von elektronischen Systemen jeglicher Art (gesamt oder nur auszugsweise) ist ohne ausdrückliche schriftliche Genehmigung des Autors strengstens untersagt. Alle Übersetzungsrechte vorbehalten. Die Inhalte dürfen keinesfalls veröffentlicht werden. Bei Missachtung behält sich der Autor rechtliche Schritte vor.

Impressum

© Volker Hunold

2019

1. Auflage

Alle Rechte vorbehalten

Nachdruck, auch in Auszügen, nicht gestattet

Kein Teil dieses Werkes darf ohne schriftliche Genehmigung des Autors in irgendeiner Form reproduziert, vervielfältigt oder verbreitet werden

Kontakt: Sven Krause / Salzdahlumer Str. 134 / 38302 Wolfenbüttel

Printed in Poland
by Amazon Fulfillment
Poland Sp. z o.o., Wrocław